KB063013

마녀빵집

마녀빵집

한수인 소설

🍪 마카롱

차례

1장 빵집의 비밀 —— 7

2장 새로운 알바생 —— 27

3장 딸기슈크림붕어빵 —— 61

4장 신성한 느티나무 정류소와
    정령들 —— 97

5장 커다란 고구마케이크 —— 113

6장 황천에 피는 물망초 —— 145

7장 도망친 영혼 —— 167

8장 평범한 소녀들 —— 183

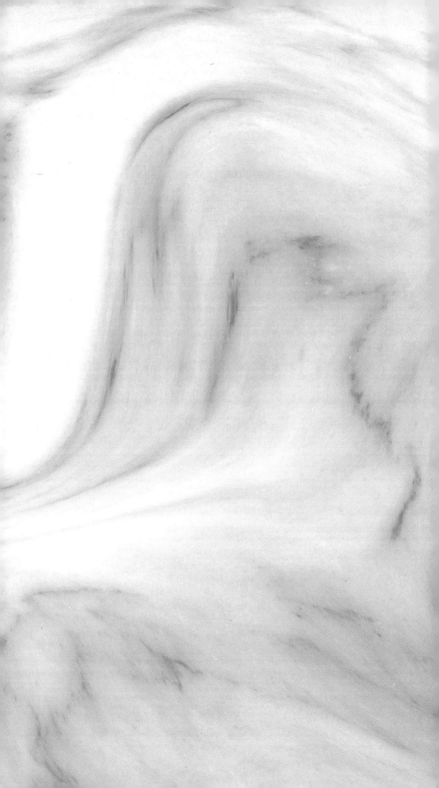

1장

빵집의 비밀

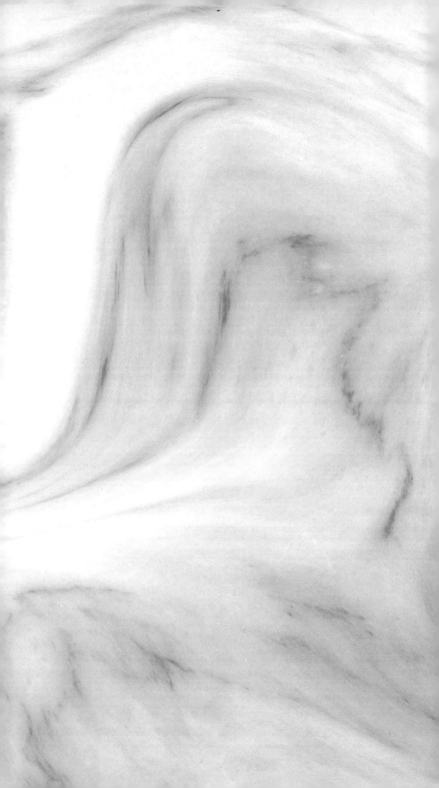

포근한 냄새, 달금한 향내. 문을 열자마자 고소한 온기가 온몸을 감쌌다. 라라는 감았던 눈을 슬며시 떠서 주변을 살피다가 힉, 하고 새된 소리를 냈다. 그의 옆에 정체 모를 한 여자가 바짝 다가왔다.

"아, 안녕하세요?"

라라가 어색한 미소로 인사했다. 그러나 그를 빵집 안으로 불러들인 여자는 꽤 심드렁한 표정을 하고 턱을 치켜올려 티 테이블을 짚어낼 뿐 아무런 응답도 하지 않았다. 라라는 그와 테이블을 번갈아 보다가 재빨리 걸음을 옮겨 의자를 끌어내 앉았다. 여자는 그런 라라를 가만히 보고는 불붙은 양초를 문가에 내려놓고 걸음을 옮기기 시작했다. 마룻바닥이 지그시 눌리는 소리가 몇 차례 들리더니 그는 곧 부엌 안으로 사라졌다.

'밖에서 보던 것보다 훨씬 음산한 거 같아.'

어쩐지 머리끝이 뻣뻣해지는 기분이 들었다. 가게에 하나 달린 창문을 힐끗 쳐다본 라라는 비가 내려 어두워진 내부를 천천히 두리번거리기 시작했다. 그저 아르바이트를 구하러 다녔을 뿐인데, 어쩌다가 여기까지 오게 된 걸까? 라라는 방과 후 종례 시간에 받았던 가정 통신문을 다시 떠올리며 한숨 쉬었다. 다음 학기에 있을 2박 3일 체험 학습비를 이달 말까지 내라니. 몇십만 원이 아무렇지도 않게 찍힌 종이 앞에서 정신이 캄캄했다. 뭐라도 하자 싶어 찾아다닌 알바 면접에서는 너무 어려 보인다는 이유로 줄줄이 퇴짜만 맞았다.

"하나가 꼬이기 시작하면 이렇게 다 꼬이는 거야. 진짜 무슨 일이라도 생긴 줄 알았잖아."

라라가 빵집 벽 한쪽에 달린 고양이 전용 통로를 보며 중얼거렸다. 좀 전에 라라는 일자리 구하기를 포기하고 집으로 향하던 중, 낡아빠진 달동네로 가는 마지막 갈래 길 담벼락 위에서 고양이 한 마리를 만났다. 고양이는 고급스러운 까만 리본을 목에 매고 윤기가 자르르 흐르는 털을 나풀거리며 라라를 향해 간드러지게 울고 있었다. 라라는 흔쾌히 다가가 손을 내밀었다. 고양이는 손등에 머리를 부비며 아양을 떨다가 발라당 누워버렸다. 이내 라라는 그에게 푹 빠져 집에 가는 일도 잊어버렸다. 찬 빗방울이 정수리로 떨어지지 않았더라면 좀 더 그러고 있었을지도 몰랐다. 리본 고양아, 어서 비를 피해. 나도 이제 그만 가봐야겠어. 라라가 몸을 일으키자,

고양이는 재빠른 몸짓으로 담장에서 뛰어내려 라라 앞에 섰다. 그런 후 입을 크게 벌리고 요란스럽게 울기 시작했다. 라라는 그의 돌발 행동에 어찌할 바를 몰랐다. 그러다 차츰 무언가를 직감하기 시작했다. 어쩌면 이 고양이에게 지금 무슨 일이 생긴 건지도 모른다고.

"그런 생각은 괜히 왜 해서는."

라라는 고개를 푹 숙이고 절레절레 저었다. 하필이면 곤경에 처한 동물들을 돕는 감동 스토리가 불현듯 떠오른 것이었다. 이곳에 온 뒤 그런 로망은 싹 사라졌지만.

"나오기만 해봐, 진짜."

라라는 축축한 교복 치마를 손으로 문지르며 투덜거렸다. 바로 그때였다.

"자."

"엄마야! 깜짝이야!"

라라가 놀라 흠칫 몸을 떨었다. 어느 틈에 그의 뒤로 다가온 여자가 라라 앞에 무언가를 툭 내려놓고 반대편으로 가서 앉았다. 여자는 이번에도 마찬가지로 턱을 슬쩍 들어 라라의 바로 앞 아래쪽을 가리킬 뿐이었다. 라라는 그를 따라 멍하니 고개를 내렸다. 그러자 눈앞에 동그란 나무 쟁반 하나가 보였다. 그 안에는 갓 구운 빵과 고소한 우유에 진한 베르가모트 잎을 우린 밀크티가 가지런히 놓여 있었다. 꼬르륵. 배가 크게 울렸다.

"먹어. 앞으로 할 얘기도 많으니."

여자가 무심하게 라라의 배를 힐끔 쳐다봤다. 라라는 조용히 얼굴을 붉혔다. 그러나 부끄러움도 잠시 이내 손이 저절로 움직였다. 얼른 빵 하나를 집어 입안으로 욱여넣은 라라는 우걱우걱 빵을 씹으면서도 눈알을 바쁘게 굴려댔다. 자신을 이곳까지 데려온 고양이가 다시 나타나진 않을까 싶어서였다. 그러나 가게는 매우 어둡고 낯설어서 고양이가 여기 있다 한들 그를 찾기란 쉬운 일이 아니었다.

"켁! 켁!"

괜히 어수선하게 굴다가 빵이 목에 걸려버렸다. 기침을 해대는 라라에게 여자가 슬며시 머그잔을 밀어주었다. 라라는 그것을 받아 들어 얼른 목구멍을 적셨다.

"제법 요란하네."

라라의 얼굴이 어둠 속에서 다시 달아올랐다. 여자는 길고 가느다란 손가락을 뻗어 탁자 한쪽에 올려져 있던 유리 호롱을 끌어왔다. 그러고는 성냥을 긁어 불을 붙였다. 타닥이는 소리가 몇 번 들리는가 싶더니 호롱 속이 아주 환해지며 주변이 밝아졌다. 그 광경을 지켜보던 라라는 왠지 숨이 멎을 것만 같았다.

'뭐야? 엄청난 미인이잖아!'

너무 놀라 하마터면 속마음이 입 밖으로 튀어나올 뻔했다. 호롱불이 흔들리며 반대편에 앉은 여자의 얼굴이 완전히 드러났다. 묘한 흑발을 길게 늘어뜨린 여자는 단정한 옷차림이 매우 잘 어울리는 희고 고운 앳된 얼굴이었다.

'빵집 이름이 영 터무니없진 않았네.'

미녀빵집. 산 중턱 외딴 빵집에 도대체 누가 그런 이름을 붙인단 말인가. 고양이를 따라오지만 않았어도 절대 몰랐을 테지만 라라는 이제부터 황당한 상호명을 전부 납득하기로 했다. 사장으로 보이는 이 여자는 누가 봐도 미녀였으니까. 여자는 멈춰 있는 라라를 향해 손짓했다. 빵을 더 들라는 표시였다. 라라는 빵 하나를 더 집어 입에 넣었다. 그러자 배가 고파 허덕이던 좀 전과 다른 새로운 맛이 느껴지기 시작했다.

'와…… 이 빵은 첫맛은 좀 담백하지만 속에 검은깨가 군데군데 박혀 있어서 씹을수록 고소한 향을 풍겨……. 그리고 자극적이지 않아서 한자리에서 몇 개는 더 먹어댈 수 있는 꽤 중독적인 맛이야.'

라라의 두 눈이 반짝였다. 그는 따끈한 밀크티를 한 모금 마시고 깨빵의 마지막 한 덩이를 마저 넘긴 다음, 다른 빵도 집어 들었다. 파스락. 이번에는 표면을 얇게 겹겹으로 쌓아 아주 바삭한 식감을 낸 빵이었다. 한 입 베어 물면 깊은 속에서부터 진득한 버터 향이 물씬 올라와 부드러우면서도 촉촉한 것이 아침 식사로 너무나 제격이었다.

'진짜 맛있다!'

라라는 어느새 완전히 빠져들어 정신없이 빵을 집어 먹

고 있었다. 그때였다.

"흠…… 그 정도면 배가 찼을 것 같은데 이제 슬슬 얘기를 좀 나눠보는 게 어때?"

가만히 라라가 먹는 모습을 지켜보고 있던 여자가 끼어들었다.

"자."

그러더니 갑자기 손을 펴서 라라에게 내밀었다.

"이리 내."

"네? 뭘요?"

대뜸 뭘 달라고 하는 건지. 라라의 미간이 약하게 움직였다. 그와 동시에 머릿속에서 갖가지 생각들이 스쳐 지나갔다. 설마 지금 빵값을 내라는 건가? 라라의 살갗이 차갑게 식었다. 라라는 곧바로 자리에서 일어나 이제 막 얼음에서 깨어난 사람처럼 가방을 털어 뒤지기 시작했다. 그러나 그는 그럴 필요가 전혀 없다는 사실을 누구보다 잘 알고 있었다. 벌써 용돈을 못 받은 지 일주일 하고도 이틀이나 지난 상태였다.

'망했어! 어떡해!'

허둥대는 라라를 가만히 보고 있던 여자의 눈썹이 묘하게 구겨지기 시작했다. 그 모습을 본 라라는 당장이라도 도망치고 싶었다. 여자는 내밀었던 손을 다시 거둬들이고 팔짱을 꼈다. 그런 다음 양 입매를 몇 번 씰룩거리더니 그 끝을 바짝 끌어당겨 입을 열었다.

"조수 구함. 내 제안서."

꾹꾹 눌러 말하는 투가 제법 사나웠다.

"제, 제안서요?"

라라는 가방을 뒤지던 손길을 거두고 되물었다.

"그래. 아침에 너희 집 현관 앞에 배달한 거 못 봤어?"

"혀, 현관 앞에……."

라라는 이내 아, 하고 소리쳤다. 오늘 아침 현관문 틈에서 발견한 성의라곤 눈곱만큼도 찾아볼 수 없었던 명함 크기의 수상한 까만 종이 한 장!

"그거!"

샛노란 고딕체에 "조수 구함"이라고 크게 새겨진 앞면을 뒤집자 보이던 맨들한 뒷면에는 사람을 구한다면 으레 있어야 할 전화번호 하나 적혀 있지 않았다. 그저 장난스럽고 조악한 약도만 깨작깨작 그려져 있어서, 중학생이 된 후로 돈 벌 궁리만 줄곧 해오던 라라의 기대와는 거리가 먼 것이었다. 그런데 그 어설픈 광고지 따위가 진짜 구인 제안서였다니! 라라는 황급히 오른쪽 교복 치마 주머니에 손을 넣었다. 오래 뒤적일 것도 없이 비를 맞아 눅눅해진 너덜너덜한 무언가를 잡아채 꺼냈다.

"펴봐."

그대로 손을 편 라라는 이해할 수 없다는 얼굴로 여자를 쳐다봤다. 당연히 비에 젖어 너덜거려야 할 종이가 아주 말

짱한 모습으로 매끈한 백지가 된 채 놓여 있었다.

"없어졌어……."

그사이 뒷면을 돌려 본 라라가 나지막이 중얼거렸다. 약
도가 사라졌다. 이게 대체 어떻게 된 일이지?

"더 자세히 봐."

"네?"

"거기 적히는 조건들."

"조건이요? 으아앗!"

결국 제안서를 떨어뜨린 라라는 도무지 믿을 수 없다는
얼굴을 했다. 약도가 그려져 있던 자리는 새로운 글귀가 저
절로 새겨지며 빼곡히 채워지는 중이었다.

빵집은 조수를 구하고 있다. 조수가 해주어야 할 일은
빵집 내부 청소, 고양이 재롱이 빗질, 먹음직스럽게 빵
진열하기, 손님들이 원하는 빵 신속하게 찾아주기 등등.

"저런. 잘 좀 보래두."

여자가 나긋한 목소리로 말했다. 그에 라라는 조금 겁먹
은 얼굴을 하고서 다시 손을 뻗어 제안서를 가져왔다. 그러
고는 읽고 나면 사라졌다 다른 문구로 다시 채워지는 광고지
를 보며 다양한 표정을 지었다. 어쩐지 여자는 그런 라라의
얼굴을 보는 게 즐거운 눈치였다.

1장 빵집의 비밀

빵을 관리하는 일은 특히 중요하다. ★★★★★

방과 후 특별한 일이 없다면 빵집으로 와서 세 시간 이상 일해줄 것이며 (중략) 특별 보상에 대해 말하자면 둥둥이들을 위한 특별 임무를 무사히 완수할 시에는 일 년에 한 번 (중략).

"천계에서 들어주는 소원?"

라라의 눈에 가장 먼저 띈 문구였다.

"그래. 가장 원하는 소원 한 가지. 일 년에 한 번은 꼭 들어주지. 그게 무엇이든 반드시."

어린 꼬마에게나 하는 시시한 약속도 아니고, 무슨 소원을 들어준다는 건가 싶었다. 제안이 조금 황당하다고 여겨질 때쯤 여자가 이어 더 설명하기 시작했다.

"물론 금전적인 보상도 꼭 해줘야겠지. 넌 지금 돈이 아주 필요하잖아? 지금 신고 있는 그 신발. 그것도 좀 바꿔야 할 테고."

라라는 놀라 발끝을 모았다. 오늘 아침 등굣길에 유명 브랜드 신발의 짝을 신는다며 자신을 두고 수군거렸던 아이들의 얼굴이 떠올랐다. 대체 이 여자는 자신에 대해 어디까지 알고 있는 걸까? 갑자기 가슴이 철렁 내려앉는 기분이 들었다.

"그렇게 놀랄 것 없어. 넌 우리의 적임자니까. 그래서 좀 지켜봤을 뿐이야."

여자는 별일 아니라는 양 굴었고, 꽤 당당해 보이기까지 했다. 라라는 눈썹 앞머리를 찌푸리며 입을 꾹 다물었다. 신상을 이렇게까지 자세하게 털어놓고 놀라지 말라고?

"일은 한 만큼 보상해줄 거야. 그 원칙은 바로 내가 정한 거고. 넌 지금 굉장히 좋은 조건에 고용되는 거야. 어디에도 이런 대우는 없지."

그렇다. 어디에도 이런 대우는 없다. 적어도 라라가 다녀 온 수많은 가게에서는 단 한 번도 이런 파격적인 조건을 제시한 적이 없었다. 하지만 그렇다고 하더라도 말이다.

'뭔가 찜찜한 건 맞잖아.'

적당히 이해하고 넘어가기에는 이상한 것투성이었다. 라라는 고개를 들어 여자와 주변을 살폈다. 처음 안으로 들어왔을 때 느꼈던 달달한 냄새와 포근한 온기가 여전했다. 정말 여긴 빵집이 틀림없었다.

"하……."

점점 더 복잡해지는 상황에 라라는 고개를 절레절레 흔들었다.

"저런, 무슨 문제라도 있는 건가? 그런 얼굴을 하다니 상당히 곤란한걸? 난 네가 아주 기뻐할 줄 알았는데 말이야."

라라는 끝을 묘하게 늘어뜨리는 여자의 어투에 떨떠름한 표정을 지었다. 이 상황을 그저 기뻐하기만 한다면 정말 백치던가 멍청이였을 텐데 말이다.

"일단 묻고 싶은 게 좀 있어요."

"좋아. 오히려 그게 나을지도 모르지. 난 설득 같은 건 더 질색이라서 말이야. 물어봐. 뭐든 대답해줄게."

흔쾌한 답변을 들은 라라는 잠시 마음을 가다듬었다. 그러고는 입술을 바짝 물었다 떼어냈다.

"우선은…… 도대체 뭐 하시는 분이세요?"

"난 여기 사장이지?"

"그런 거 말고요. 뭐 하시는 분인데 제가 오늘 뭘 하고 다녔는지 전부 다 알고 계신 거예요?"

"아! 그게 궁금할 수도 있겠어. 그 전에 말이야. 난 네 소개를 먼저 듣고 싶은데. 네 이름이 뭐지?"

"라라요."

라라는 자신에 대해 이렇게나 많이 알면서 대체 왜 이름은 모르나 싶었지만 반사적으로 대답해버리고 말았다.

"라라? 무슨 뜻이지?"

"즐거운 노래요."

"오호, 좋은 이름이야. 자, 그럼 이제 내 이름도 한번 물어봐."

"네?"

라라는 다소 황당한 요구에 눈살을 찌푸리며 입술을 달싹였다. 그렇지만 왜인지 모르게 그의 말을 따르지 않기란 쉽지 않았다. 라라는 다소 황당한 요구에 눈살을 찌푸렸지만 딱히 거절할 이유도 없었다.

"이름이…… 어떻게 되세요?"

"나? 내 이름?"

금방이라도 웃음을 터트릴 것만 같은 여자의 얄궂은 눈빛과 목소리. 능청스럽게 구는 그를 보며 라라는 역시 이상한 사람이라고 생각했다.

"마녀."

"네?"

"김마녀."

"김…… 마녀요?"

잘못 들은 게 아니라면 라라도 이상해진 게 맞았다. 하지만 신짜 마녀처럼 씨익 웃어 보이는 여자의 얼굴을 보자니 어쩌면 농담이 아닐 수도 있겠다 싶었다.

"저기, 근데 마녀라고요? 밖엔 미녀빵집이라고 붙어 있던데…… 그래서 전 당연히 사장님의 얼굴이…….."

무심결에 속내를 말하던 라라는 아차 싶은 표정을 지었다. 마녀는 더 이상 말을 잇지 않는 라라를 의아한 눈빛으로 쳐다보다가 이내 뭔가 알았다는 눈빛으로 미소 지었다.

"애 좀 봐? 칭찬을 참 재밌게 하네? 미녀라서 미녀빵집인 줄 알았다니! 칭찬은 고맙지만 여긴 마녀빵집이 맞아. 비바람에 간판 글자 하나가 떨어졌나 봐."

라라는 아, 하고 멍한 소리를 내고 말았다. 그러자 마녀

1장 빵집의 비밀

는 갑자기 손을 들어 엄지와 중지를 튕기며 라라의 주의를 끌었다.

"이제 우리 서로 소개도 다 했겠다, 내가 너한테 비밀 하나 알려줄게."

그러더니 동의도 구하지 않고 라라의 몸을 멋대로 일으켜 세웠다. 그러고 나서는 딱! 딱! 딱! 손가락을 세 번 더 튕겨냈다. 소리에 맞춰 주변에 있던 초들이 하나둘 꺼지기 시작했다. 라라는 갑작스러운 암전에 두려움을 느꼈다. 이대로 정신을 놓고 있다간 왠지 크게 한 방 먹을 것만 같았다.

휘우우우. 이번엔 휘파람 소리가 들렸다. 라라는 어깨를 약간 움츠리고 주위를 빠르게 살폈다. 그때였다. 그의 주변으로 무언가 희미한 물체들이 나타나기 시작했다. 뭉글뭉글하고 은은하게 반짝이는 덩어리들이었다. 라라는 눈을 가늘게 뜨고 그것들의 정체가 무엇인지 살피기 시작했다.

"가까이 가서 확인해봐."

미심쩍은 얼굴을 하던 라라가 곧 마녀의 말대로 천천히 덩어리들 곁으로 다가가 그것들이 무엇인지 살피기 시작했다. 빵? 빵에서 왜 이런 빛이 흘러나오지?

"한번 만져봐."

라라는 마녀가 있는 쪽으로 다시 고개를 돌렸다. 왜 그래야 하는지를 묻는 눈초리였다. 마녀는 웃으며 어깨를 으쓱거릴 뿐이었다. 라라는 의심스러운 표정을 지우지 않은 채 손가락을 들어 빵 위에 갖다댔다. 그러자 꿈틀!

"엄마야!"

뭉글거리던 빛이 갑자기 선명해지며 형체를 갖추기 시작했다. 놀라운 광경에 라라는 입을 벌리고 턱을 늘어뜨렸다. 세상에, 저게 다 뭐야? 빵에서 희끗하게 빠져나와 햄스터, 강아지, 고양이, 토끼, 앵무새, 거북이 모양이 된 빛 덩어리들을 보며 라라는 그만 숨을 멈췄다.

"이, 이게…… 이게 대체 다 뭐예요?"

라라는 말까지 더듬으며 두 눈을 비볐다. 그사이 마녀는 손가락을 마저 튕겨서 내부에 있는 모든 초를 켰다. 그러자 뭉근한 빛을 내던 빵, 아니 동물들이 눈앞에 아주 선연히 나타나기 시작했다.

"마, 말도 안 돼! 이게 다 무슨……."

"이제 나와서 설명을 좀 하시지?"

라라는 뒤에 있던 마녀의 건조한 목소리에 고개를 돌렸다. 그래, 맞다. 설명. 그것이야 말로 지금 당장 딱 필요한 것이다. 라라는 재빨리 몸을 돌려 마녀가 있는 쪽으로 향했다. 그러다 그의 앞을 가로질러 확 튀어 오른 무언가에 놀라 걸음을 멈췄다.

"어, 너!"

그의 정체는 이 사달을 만든 주인공. 까만 리본을 예쁘게 맨 치즈 태비 고양이였다. 고양이는 테이블 위로 멋드러지게 안착해서 라라를 향해 반갑게 울었다. 라라는 그대로 돌진해 그의 몸을 바짝 휘어잡고 눈을 똑바로 맞췄다.

"너! 대체 날 어떻게 알고 여기까지 끌고 온 거야?"

고양이는 그저 한 번 울더니 라라의 손을 유유히 빠져나와 동그란 머리통을 그의 팔에 문질러대기 시작했다.

"얼씨구?"

그 모습을 본 마녀가 어쩐지 코웃음을 쳤다. 그러고는 꼭 누군가에게 다그치듯 덧붙였다.

"뜸 들이지 말고 빨리 설명이나 해."

"네? 저요?"

"너 말고."

나 말고? 그럼 여기에 또 누가? 라라는 믿기지 않는다는 눈으로 고양이를 내려다보았다.

'이런 것도 혼자 못해서야, 원.'

두 손으로 입을 막은 라라는 너무 놀라 딸꾹거리기 시작했다. 고양이의 말이 들리다니, 고양이가 인간처럼 말을 하다니! 그의 목소리는 정확히는 귀가 아닌 뭔가 웅웅거리면서 머릿속을, 아니 온몸을 때리는 듯했다.

"아, 이건 진짜 꿈이야. 그렇지 않고서야 이럴 리 없어."

혼이 나간 사람처럼 중얼거리는 라라를 두고 고양이가 킥킥거렸다. 그사이 마녀는 자신도 들을 수 있게 말하라며 고양이를 향해 톡 쏘았다.

"저런, 알았다고."

그의 목소리는 이제 사람의 목소리를 듣는 것처럼 아주 자연스럽게 들렸다.

"라라, 반가워. 많이 놀란 모양이지? 그렇지만 여기 있는 건 다 진짜야. 적임자인 넌 다 보고 듣고 느낄 수가 있지. 말하는 고양이인 나까지도."

그러더니 고양이는 천장 위로 시선을 뒀다. 라라도 그를 따라 고개를 들어 올렸다가 천장으로 둥둥 떠다니는 빛 덩어리들과 눈이 맞았다. 그 순간 비명을 대신해 라라의 얼굴색이 여러가지로 뒤죽박죽 얽혔다. 고양이가 다시 킥킥거리자, 초에 붙은 불길들이 갑자기 거세졌다. 빛 덩어리들은 그 사이를 뛰어넘으며 즐겁게 춤을 추기 시작했다.

"일단 내 소개를 좀 하지. 내 이름은 재롱. 보다시피 아주 훌륭한 고양이지. 여기에선 저들을 빵이 아닌 둥둥이라고 불러. 다들 널 아주 궁금해하고 있군."

빵에서 빠져나와 완전히 형태를 갖춘 둥둥이들은 어느새 꼬리를 살랑거리거나 쟁반에서 벗어나 선반 위를 뛰어다니기도 했다. 크림 위에 새빨간 체리를 올린 머핀은 라라의 시선이 닿자마자 새하얀 토끼가 되었고, 노릇하게 구워진 밤식빵은 고동색 얼룩 고양이로 변했다. 라라는 빵집 전체를 훑으며 곳곳에 자리하고 있는 둥둥이들을 찾아냈다. 그러다가 무심결에 뒤를 돌아보고 바짝 몸이 굳었다. 어느새 그의

1장 빵집의 비밀

발밑으로 호기심 가득한 둥둥이들이 잔뜩 몰려 있었다. 그것도 아주 바글바글하게!

*

2장

새로운 알바생

라라는 마녀가 가져다준 허브티를 마시며 테이블 위에서 목덜미를 핥아대는 재롱을 가만히 쳐다봤다. 아무래도 말하는 고양이는 좀처럼 받아들이기 힘든 존재였다. 그런 라라의 두려움을 알아채기라도 한 듯 재롱은 자세를 고쳐 앉고는 말하기 시작했다.

"혼란스럽겠지만 이제 더는 기다릴 수 없으니 설명을 바로 시작하지. 우리들은 저들이 죽고 난 후 시공간을 제공해. 쉽게 말해 이 빵집은 저승으로 가기 전 마지막 터미널인 셈이지."

"터미널?"

"그래. 영혼이 완전히 이 세상을 떠나기 전, 7일의 유예 기간 동안 머물 곳."

라라가 재롱의 말에 짧은 탄성을 냈다. 그러고는 재롱이 있는 쪽으로 몸을 더 가까이 붙였다. 이제 그가 하는 설명을 본격적으로 들으려던 참이었다. 그런데 그때 저 멀리서 인기척이 들리기 시작했다.

"저기, 누가 이쪽으로 오는 거 같지 않아?"

라라가 문 쪽으로 고개를 돌리며 말했다. 젖은 잔디 밟는 소리는 금세 가까워졌다. 이내 누군가 문가에 바짝 붙어 선 듯했다. 달칵, 끼이이익. 한 남자가 급하게 빵집 문을 밀고 들어섰다. 그는 흠뻑 젖은 우산을 허공에 대고 대충 털더니 우산 꽂이를 찾아 두리번댔다. 그러더니 이내 물이 뚝뚝 떨어지는 구둣발로 마룻바닥을 걸어 들어왔다. 마녀가 그 모습을 보며 얼굴을 구겼다. 혹시나 하는 마음으로 다시 주변을 살핀 라라는 둥둥이들이 모두 빵 속에 들어가 있는 걸 확인하자 괜스레 안도감이 들면서도 의아했다.

"왜들 저러는 거지?"

둥둥이들은 남자가 나타나자마자 어째서인지 접시나 쟁반 위에서 매우 얌전히, 그러면서도 잔뜩 기대에 찬 눈빛을 하고 있었다. 그에 반해 남자는 아무런 표정 없이 빵을 집는 커다란 집게와 네모난 쟁반을 챙겨 들 뿐이었다.

'어?'

숨죽이고 상황을 지켜보던 라라의 시선 사이로 유난히 눈에 띄는 빵 하나가 있었다. 샛노란 치즈롤 모양을 하고는 마치 자신이 여기 있다고 남자에게 소리라도 치는 듯 목을 쭉 빼고 눈을 반짝였다. 라라는 길고 가느다란 몸을 둘둘 말

　　　　　　　　　　　　　2장 새로운 알바생

아 똬리를 뜬 모양의 그를 보고 나서 무언가를 떠올렸다.

'뱀?'

생전 처음 보는 맹수의 모습이었다. 그렇지만 웃고 있는 가는 입매와 참깨 같은 두 눈이 볼수록 귀엽게 느껴졌다. 그 사이 남자는 어두운 진열대 위를 기웃거리며 다른 빵들을 계속 뒤적거렸다. 그러나 치즈롤을 발견하지는 못하고 있었다.

"저런, 잘 안 보이는 모양이야. 이번에도 다른 빵을 먼저 집었잖아."

마녀의 말처럼 두꺼운 뿔테 안경의 렌즈 때문에 눈이 콩알만 해진 남자는 불규칙하게 일렁이는 불빛 사이에서 혼란스러운 얼굴을 하고 있었다.

"네가 가서 안내를 좀 해주는 게 어때?"

"네? 제가요?"

"넌 저 남자가 어떤 빵을 찾고 있는지 단번에 알았잖아."

라라는 작게 속삭이는 마녀의 말에 아무런 대꾸도 하지 않았다. 딱히 나서고 싶은 마음은 없었지만 마녀는 집요한 눈길로 그를 채근했다. 그사이 의기소침해진 치즈롤은 반짝거리던 생기를 잃고 많이 옅어진 상태였다. 어쩔 수 없다는 표정으로 남자에게 다가간 라라는 그가 놀라지 않게 기척을 냈다.

"손님. 차, 찾으시는 빵은 여기에 있어요."

라라가 말을 마치자마자 갑자기 허리 아래쪽 진열대에

서 요란한 소리가 났다. 둥둥이들 사이에서 항의와 함성이 오간 것이다. 어떤 이들은 심술궂은 표정으로 자신의 몸을 과히 밝혀 남자의 시선을 끌어 교란시켰고, 또 어떤 이들은 드디어 치즈롤이 남자의 눈에 띄게 된 것을 기뻐하는 기색이었다.

"어어! 우리 깨알이!"

남자는 단숨에 라라를 제치고 깨알이를 소중하게 끌어안았다. 그런 후 빵을 품에 안아 넣고 대뜸 하얀 봉투를 꺼내 라라에게 내밀었다. 라라는 얼떨결에 봉투를 받아 들고서 황당한 눈을 했다. 그 길로 남자는 포장지도 없이 가게 안을 황급히 빠져나갔다.

"저기, 저기요! 잠깐만……."

"그냥 둬. 그 정도면 됐어. 노잣돈은 이리 주고."

마녀는 라라의 손에 들린 하얀 봉투를 가져가며 말했다. 그러고는 봉투를 열어 얼마의 돈을 빼낸 뒤 라라에게 건넸다.

"이건 수수료."

그때 재롱이 다시 나타났다.

"어때, 우리가 하는 일이?"

둥둥이들은 언제 남자가 왔다 갔냐는 듯 다시 내키는 대로 빵집을 돌아다니기 시작했다. 그중 몇몇은 라라의 곁으로 다시 다가와 빙글빙글 감싸고 자세히 관찰했다. 라라는 계속

보아도 도무지 믿기지 않는 광경에 두 손을 들어 얼굴을 쓸었다.

"그렇게 깊이 고뇌할 거 없어. 지금 넌 아주 정상이야. 그냥 여기 와서 앉아."

그들은 라라의 감정과 마음까지 읽어내는 게 분명했다.

"여긴 죽은 자들의 행로가 결정되는 곳이야."

노랫소리를 함께 듣고 있던 재롱은 이제서야 모든 걸 설명해줄 모양인지 테이블 위로 올라왔다.

"죽은 자라면…… 여기 있는 모두가 그렇다는 거야?"

"그래. 이미 영혼이 된 이들이야."

"역시, 역시 그랬던 거야!"

라라는 의자를 꺼내다 말고 재롱과 마녀를 번갈아 가리키며 뒷걸음질 쳤다. 재롱은 상황이 그저 우스운지 킬킬거리기나 했다. 마녀는 우리가 아니라 저들만 그런 것이라며 빵들이 모여 있는 쪽을 짚었다.

"아무튼 둥둥이들은 살아 있을 때 누군가의 돌봄을 받던 이들이야. 다들 반려동물이거나 그에 준한 이들이었지."

재롱은 라라의 곁에 모여든 둥둥이들에게 다가가 인사를 나눴다. 그들은 제각기 다른 반응을 보였는데 재롱과 같이 머리를 갖다 대기도 하고, 킁킁 엉덩이 냄새를 맡기도 하고, 앞발을 들고 가볍게 뛰기도 했다. 전부 저마다의 인사법으로 재롱을 받아주었다. 그러면서도 더러는 그를 경계하거나 무시하기도 했다.

"너도 알겠지만 아주 오래전 인간들은 이들을 가족이라 여기지 않았어. 그저 대부분은 큰 위험이 없는 작은 짐승들이라고만 생각했지. 이들은 야생에서 제 나름대로 생존법을 익히고 고군분투했어. 그러다가 어느 시절부터 하나둘씩 인간사로 들어오게 된 거야. 인간과 살게 된 이들은 더 이상 사냥할 필요가 없어졌어. 그러다가 점차 새끼도 낳지 않게 됐지. 이젠 후손을 낳는 것도 인간에 의해 결정됐어."

라라가 보기에도 인간은 동물의 고유함 같은 건 그다지 존중하지 않는 것 같았다. 거리는 어느새 인간들만 다닐 수 있는 매끈한 아스팔트로 뒤덮였다. 어딜 봐도 안식처로 삼기 힘든 네모난 돌덩이들이 수풀 언덕을 밀고 빽빽하게 들어섰다. 인위적으로 변한 길거리에서 동물들이 할 수 있는 건 아무것도 없었다.

"이들은 한계를 조금씩 받아들여야만 했어."

재롱의 목소리가 어쩐지 조금 음울하게 들렸다. 이제야 반려라는 표현을 쓰기도 하지만 과거에는 애완이라는 이름으로 불리던 이들이었다. 외모가 귀엽고 인간과 친근해져야만 겨우 살아남을 수 있는 존재. 라라는 자신이 인간이라는 최상위 포식자가 아니었다면 지구에서 사는 삶이 어땠을지 상상하고 싶지도 않았다.

"물론 아직 방랑자들도 많기는 해. 그들 중에서 길들여질 만하다고 여겨지면 인간은 가족으로 받아들이는 거 같더군. 그걸 가지고 뭐라 하더라…… 간택이라고 하던가?"

방랑자. 그게 어떤 이들을 칭하는지 대충 알 것 같았다. 그들은 주로 길거리를 누비는 동물들이었다. 그러다가 인간이 내놓은 바스락대는 비닐봉지를 뜯어 급하게 허기를 달래는 가여운 존재들 말이다.

"따지자면 말이지. 인간도 제 자손을 낳아 번식시키는 거 말고 욕망이 비교적 단순한, 그래서 너무 순수한 동물들을 더 편하게 여기는 건지도 몰라. 귀엽고 요구가 복잡하지도 않고…… 그렇잖아? 서로 적당한 선에서 합리를 찾은 셈이지."

라라는 저도 모르게 눈살을 찌푸리고 말았다. 아무리 인간이 먹다 남긴 음식 찌꺼기가 먹음직스러운 냄새를 풍기며 주린 배를 채워준대도, 그건 그저 인간이 먹던 음식일 뿐이다. 어떻든 지금으로선 누구든 본성을 지키기 어려운 때였다.

"그래. 네 말이 어느 정도 맞다고 쳐. 그렇지만……."

"이미 돌이킬 수 없어."

라라는 순간 그의 눈에서 많은 것을 읽었다. 다른 말은 더 필요하지 않았다. 놀라울 정도로 변한 세상에서 동물들의 삶은 절대 과거처럼 돌아갈 수 없었으니 말이다.

"그럼 이제 둥둥이들이 왜 빵 속에 들어가 있는 건지나 말해줘."

"아주 좋은 질문이야."

재롱이 묘하게 눈을 반짝이며 꼬리를 살랑였다.

"이야기가 길지만 잘 들어줬으면 좋겠군. 얼마 전 천계 부속 죽음을 담당하는 슬픔의 신으로부터 특별 영혼 관리를 위한 이례적인 공문이 내려왔어. 네가 믿을지 모르겠지만 신은 분명히 존재하지."

그때 옆에 있던 마녀가 작게 웃음소리를 냈다. 그러더니 곧 저도 모르게 튀어나온 것이라며 손사래를 쳤다. 그의 돌발적인 행동에 재롱의 동공이 커지더니 콧수염이 빳빳해졌다.

"아무튼 신들은 빠른 속도로 늘어나고 있는 새로운 계층에 대해 조금 더 면밀히 살피고 고려할 필요가 있다고 생각했어. 인간이 아닌 존재가 그들의 가족이나 친구가 되는 게 상당히 의미 있다고 봤거든."

"신이 그런 데에 의미를 둔다고? 대체 왜?"

"그들은 모든 영혼의 탄생과 죽음, 그리고 분류를 담당하는 존재니까."

"모든 영혼의 분류?"

"신들은 이 세상의 균형을 가장 중시하지. 영혼이 가질 삶의 형태를 아주 민감하게 눈여겨봐. 그들이 변화하는 모습을 보며 환생시킬 준비를 하거든. 뭐, 이 부분은 좀 어려운 이야기니 나중에 하도록 하고. 우선은 새로운 계층을 특별 관리한다는 측면으로 봐줬으면 좋겠군. 둥둥이라는 별칭도 그

2장 새로운 알바생

래서 지은 거야.”

재롱은 신들이 이 일을 얼마나 신경 쓰고 있는지 알려주고 싶은 모양이었다.

“그건 무슨 뜻으로 지은 건데?”

그러자 마녀가 끼어들며 한껏 비아냥거렸다.

“어화둥둥 내 사랑둥이. 평생 사랑만 받고 산 존재들이라서 그렇게 지었다나? 하하하. 거긴 진짜 다 늙은이들뿐이라서 그런지 그런 식으로밖에 못하나 봐.”

하지만 재롱은 이번에도 그의 도발에 아랑곳하지 않고 라라에게만 시선을 두었다.

“어쨌건 다시 돌아와서 둥둥이들이 왜 빵에 들어가게 된 건지 설명하자면, 형체 없는 영혼을 형체 있는 대상으로 바꿔서 손님들에게 확실하게 전달하기 위해서야. 이건 아주 단순한 발상이었지. 먹음직스러운 빵은 무엇보다 안전하고 친숙하니 손님들이 사자마자 바로 먹을 수도 있고, 그 덕에 둥둥이들이 유실될 위험도 적다고 판단했거든.”

“꼭 빵을 먹어야 하는 이유가 있어?”

“그래야 손님의 몸으로 들어갔다 나온 둥둥이가 영혼의 힘을 발휘할 수 있으니까. 살아 있는 것과 죽은 것이 서로 만나려면 영혼과 직접 통하는 방법밖에 없거든.”

“그래, 대충 빙의 같은 걸로 이해할게. 그럼 이제 다음 질문. 아까 보니 서로를 알아보는 거 같던데 대체 어떻게 아는 거야? 아니, 애초에 빵집은 어떻게 찾아오는 거야? 여기가 그렇게 잘 보이는 곳도 아니잖아."

"좋아. 그것도 같이 설명해야겠군."

라라는 차분히 그의 다음 말을 기다렸다.

"혹시 죽은 이가 꿈에 나타나 마지막 부탁을 들어달라고 한다는 얘길 들어본 적 있나?"

"아…… 응. 나도 어머니가 돌아가시고 몇 번 꿈에 나오셨어."

"그렇다면 이해가 더 쉽겠군. 그와 같은 방식으로 둥둥이가 반려인의 꿈에 나타나 빵집으로 찾아오라고 해. 빵집에 온 손님들은 생전 모습을 최대한 본뜬 빵을 보고 자신이 찾던 둥둥이를 고르지. 간혹 직전에 봤던 손님처럼 못 찾는 경우도 생기지만, 그럴 땐 우리가 대신 찾아주면 돼. 그런 다음 손님들은 노잣돈을 내고 둥둥이들을 데려가. 그리고 그날 밤에 또 꿈을 꾸지. 하지만 사실 그건 꿈이라기보다 둥둥이들이 만들어낸 환상 세계에 가까워."

"꿈이 아니라 환상 세계라고?"

"그래. 둥둥이들이 그려낸 세계로 들어가서 그들과 마지막 시간을 보내는 거야. 인간들은 그걸 의미 있는 꿈이라고 착각하지. 하지만 차원이 다를 뿐 그 일은 실제로 일어난 일이 맞아. 영혼의 차원으로 보자면 말이지."

라라는 너무 어려운 이야기라고 생각하며 엉거주춤하게

고개를 끄덕였다.

"음…… 또 다음 질문. 원래 빵은 유통 기한이라는 게 있잖아? 이들도 혹시 그래?"

"예리하군! 네 말이 맞아. 둥둥이들은 인간의 시간으로 49일, 영혼의 시간으로는 7일 동안 이곳에 머물러. 우리는 영혼의 시간을 기준으로 해서 특별한 임무도 수행하지."

"특별한 임무?"

"그래, 진짜 우리가 할 일. 둥둥이들의 마지막 소원 성취를 돕는 일 말이야. 영혼마다 다 다르겠지만 태어났다가 죽는 자는 누구든 죽는 순간에 마지막 소원을 빌어. 그건 너도 마찬가지일 거야. 그렇다고 막상 소원이 그렇게 대단하진 않아. 대부분 혼자서 소원을 이루고, 다음 여정인 저승으로 빠르게 이동하지. 하지만 누군가는 그 과정에서 도움이 꼭 필요해. 그래서 우리 같은 자들이 있는 거야."

"우리?"

"정확히는 우리 같은 자들의 힘. 예를 들어서 종교 의식을 치르거나 무속의 힘을 빌릴 때 쓰는 능력 같은 거 말이야. 아, 물론 우리는 천계의 공식 인가를 받은 자들이기 때문에 그들과는 또 다른 차원의 이야기긴 하지만."

"대충 이해는 되네. 그럼, 다들 무슨 소원을 비는데?"

"아주 다양해. 둥둥이들 기준으로 개별적인 예시를 들자면 반려인이 생일에 만들어줬던 고구마무스케이크를 다시 맛보고 싶다던가, 매일 산책하던 동네를 걸으며 곳곳에 만들어뒀던 자신의 흔적을 하나하나 차분히 정리해두고 싶다던가. 반려인에게 자신의 죽음이 결코 슬프지만은 않다는 걸 보여주고 싶다던가 하는 일이지. 대개는 남아 있는 가족과 친구들이 아무 걱정 없이 행복하게 지내주길 바라는 편이야."

"아아…… 생각보다 상당히 구체적이고 또 꽤 감동적이네. 근데 만일 손님이 빵집에 오지 못하면 어떡해?"

"그것도 정말 좋은 질문인데? 바로 거기서부터 임무가 시작되거든."

재롱은 빵들이 널린 선반 위로 올라가 유유히 걸으며 어느 지점에 도착했다. 그곳에는 타르트가 놓여 있었는데, 자세히 보니 다른 빵들에 비해 유독 빛이 흐리고 희미했다.

"여기 이 친구에게는 시간이 얼마 남지 않았어. 이대로 소원을 이루지 못한다면 푸석한 빵이 되어버릴 테지. 겨우 저승으로 넘어간다 해도 이루지 못한 소원은 결국 한이 될 테고, 그렇게 되면 시간을 들여도 완전히 순수한 영혼으로 정화되지 못한 채 다시 태어나겠지. 당연히 다음 생에도 큰 영향을 줄 거야. 여한에서 만들어진 결핍이란 씨앗은 잘못 자라기 쉬우니까 말이야. 이제 3일. 이 친구에게 남은 시간은 단 3일이야. 그런데도 아직 손님이 찾아오지 않고 있지. 너라면 이런 상황에서 어떡할 거 같아?"

"글쎄. 뭐, 여러 가지 방법이 있겠지만 우선 이 친구를 손님에게 배달할 수도 있고, 또 손님을 여기로 데려올 수도 있고?"

"아주 좋은 대답인데? 우리가 하는 일이 바로 그거야. 천계는 우리에게 단 하나의 누락자도 없이 둥둥이들을 전부 완전한 죽음으로 인도하라고 명했어. 그러니 절대로 남은 빵을 만들어서는 안 되지."

재롱이 빵들이 있는 자리를 둘러보며 말했다.

"빌어먹을 늙은이들. 늘상 누굴 부려먹을 궁리만 하면서 요구 사항 하나하나까지 깐깐하게 군다니깐."

"이봐, 말조심해."

마녀의 말에 재롱이 낮게 으르렁거렸다. 그러자 마녀가 사납게 눈을 부라리며 옆구리에 두 손을 짚었다.

"말조심? 하, 정말 뻔뻔도 하지! 지금 나한테 그것까지 바라는 거야? 잠깐 유랑 좀 다녀왔더니 저 괭이 자식이 우리 집 가신을 구워삶고 집터를 차지했어. 그러고는 뭐? 천계에서 명이 떨어졌으니 지금 당장 빵집을 열어 장사를 시작하라고? 그런 황당한 일이 어딨니?"

라라가 그런 일이 있었냐며 재롱을 쳐다봤다. 하지만 재롱은 두 눈을 반쯤 뜨고서 모르는 척 딴청이었다.

"거기다가 고약한 도깨비들까지 죄 몰고 와서는 메밀묵도 아니고 메밀빵을 만들어 잔치까지 열어달라니."

"도깨비요?"

"그래, 그러지 않으면 이 집에서 물러나지 않겠다고 협박을 하더라? 순 날강도들 아니니?"

마녀가 라라에게 분함을 호소했다. 그러자 재롱은 지겹다는 듯 늘어지게 하품을 했다. 마녀는 그의 태도에 약이 오르는지 생각날 때마다 꺼낼 거라고 악을 썼다. 라라는 앙숙이 된 둘 사이에 자신이 모르는 무언가가 더 있겠거니 하며 조용히 살구타르트 곁으로 다가갔다. 살구타르트는 가까이 다가온 라라를 힐끔 곁눈질했다가 심드렁하게 몸을 웅크렸다. 아무리 봐도 영 자신감이 없는 모습이었다. 라라는 손가락을 들어 그의 등에 살며시 가져다 댔다. 그러고 나서 천천히 그의 털을 쓸었다. 그러자 살구타르트는 약간 움찔거리다가 이내 둘둘 말아뒀던 고개와 다리를 조금씩 느슨하게 풀기 시작했다.

"아주 잘하고 있어. 역시 그들의 눈은 틀리지 않았군."

어느새 재롱이 다가와 감탄했다. 라라는 그가 칭하는 '그들'이 신이라는 사실을 짐작할 수 있었다.

"그런데 내가 왜 그들이 생각하는 적임자인 거야?"

재롱은 이제야 설명할 차례가 왔다는 듯이 눈을 반짝이며 콧잔등을 두어 번 씰룩거렸다.

"우선 난 이미 너의 재능을 확인했어."

"내 재능?"

"그래. 너의 완벽하고 놀라운 재능."

라라가 양쪽 미간 사이를 좁혔다. 자신이 도대체 무슨 수로 완벽한 재능을 선보였다는 건지 도무지 알 수 없었다. 조금 골똘해질 무렵, 재롱이 선반에서 엉덩이를 떼고 뒷다리를 쭉 들어 올렸다. 그는 몸을 똑바로 세워 꼬리 끝을 위로 말아 올려 살랑거렸다. 라라는 그의 꼬리에 시선을 두기 시작했다. 그러자 재롱은 라라를 등지고 서서 고개를 돌렸다.

"지난밤, 날 처음 만났던 그날을 기억해내."

재롱과 눈을 맞춘 라라는 순식간에 정신이 아득해지는 걸 느꼈다. 지난밤, 지난밤이라고 하면…… 바로 그 순간 유난히 밝았던 달 하나와 호박색 고양이 눈 두 개가 함께 떠올랐다.

"꿈이 아니었어……."

눈을 뜬 라라가 멍하니 중얼거렸다. 앞에는 이미 그가 사는 낡은 빌라 뒤 후미진 골목길이 펼쳐져 있었다.

"저기, 저길 좀 봐."

어느새 담장 위로 올라가 있던 재롱이 라라에게 속삭였다. 그곳에는 차가운 길바닥에 늘어진 어미 고양이와 회색 얼룩무늬 새끼 고양이가 울고 있었다.

"저건!"

"그래, 네가 그날 구한 이들이야."

라라가 놀라 재롱을 쳐다봤다.

"기억나? 그때 들은 외침 말이야."

"응, 정말 애타게 살려달라고 말했어……. 잠깐, 근데 그 말을 누가 한 거지? 설마 그때도 내가……."

"맞아. 넌 그때도 마음의 소리를 들은 거야. 저 어미 고양이의 목숨은 경각에 달려 있었고, 너도 알다시피 사람의 목소리를 낼 순 없거든."

라라의 눈동자가 크게 흔들렸다. 꿈인 줄로만 알았던 그때의 기억이 생생하게 떠오르자 재롱의 말이 전부 사실이라는 걸 느낄 수 있었다. 그 순간 슬리퍼가 부딪히는 소리가 요란하게 들렸다.

"이 소리는……."

"그래, 너야."

라라는 잠옷 위에 적당한 옷을 걸치고 모퉁이를 돌아 나온 자신의 모습을 보자 기분이 이상했다. 자신은 다급한 얼굴을 하고서 고양이들 곁으로 다가가 상태를 확인하고 있었다. 그러다 근처에 널브러져 있는 사료 캔이 미처 다 비워지지 못한 것을 보고 눈이 가늘어졌다. 입가에 거품을 물고 누워 있는 어미 고양이. 누군가 의도적으로 그를 해친 게 분명했다. 라라는 미약하게 숨이 붙어 있는 어미 고양이와 새끼를 급하게 안아 드는 자신을 물끄러미 지켜봤다.

"이제 와서 하는 말이지만 그때 정말 고마웠어. 네가 아니었다면 둘 다 구하기 어려웠을 거야."

라라는 쑥스러운 얼굴로 웃었다. 그러나 이상하게도 이후의 벌어진 상황은 정확히 기억나지 않았다. 도중에 재롱이 나타나서 그를 따라 동물병원으로 데려가고, 그다음에는⋯⋯. 라라는 고개를 휘저어 털어냈다. 지난 일을 돌아보면 어쨌든 그 이후로 계속 이상한 일투성이였다. 집 앞에 마치 깊이 잠든 것처럼 보이는 동물의 사체가 거의 매일같이 배달된다거나, 가끔 동네 고양이나 새들이 자신을 아주 친근하게 대하는 것처럼 느껴진다거나 하는 일들의 연속이었다.

'그래서 아침마다 모종삽을 들고 뒷동산 공동묘지를 뛰어다녔지.'

골똘한 상태였던 라라는 어느새 다시 빵집으로 옮겨져와 있었다. 그리고 자신의 옷소매를 물고 당기는 재롱에게 저항 없이 끌려가는 중이었다. 재롱은 그런 라라를 살구타르트 앞에 세웠다.

"이제 본격적으로 실습을 한번 해보자!"

"잠깐, 실습이라니? 난 아직⋯⋯."

"일단 고용 계약서를 먼저 좀 쓰고⋯⋯."

이건 또 무슨 소리래? 라라는 황당한 마음에 미간을 팍 구겼다. 절대로 이런 이상한 이들과 엮이고 싶지 않았다. 그러면서 무슨 빵집이 이토록 평범한 구석이라곤 한 군데도 없는지 모르겠다고 생각했다. 그렇지 않아도 라라는 이미 또래들과 다른 것투성이였다. 다른 아이들은 평범하게 누리는 것들조차 라라에겐 당연하지 않았다. 초등학교를 졸업할 무렵부터 아버지의 사업 실패로 집안 형편이 어려워졌고, 그사이 어머니마저 돌아가셨다. 당시에 선행 학습을 제대로 못 하고 중학교에 입학한 라라는 수업을 따라가지 못하기 일쑤였다. 담임 선생님은 그런 라라에게 궁금한 게 있으면 뭐든지 물어봐도 좋다고 했다. 따스한 한마디는 라라에게 평범해질 수 있는 유일한 기회처럼 느껴졌다. 그러나 순진한 라라의 생각과는 달리, 이미 주요 내용을 여러 번 반복해 익힌 다른 아이들은 너무 사소한 것까지 일일이 질문해대는 라라를 관심 종자로 취급했다.

'오늘만 해도 그래. 준비물 빌려주겠다고 괜히 나섰다가 뒷담화나 들었잖아.'

하필 재활용품을 활용하는 미술 수업이었다. 아무것도 챙겨오지 않은 세아에게 준비물을 좀 빌려주는 게 어떻냐는 미술 선생님의 권유에 마지못해 응했다. 그러나 나름의 호의는 폐지를 주워 사는 가난뱅이라는 비난으로 세차게 돌아왔다. 그런데 이젠 마녀에 말하는 고양이, 둥둥이, 천계, 특별한 능력까지. 별나도 보통 별난 일에 휘말린 게 아닌 것 같았다.

"내키지 않으면 거절해도 돼."

계약서를 펼쳐놓고 펜대를 굴리고 있던 마녀가 테이블에 펜을 내려놓으며 말했다. 라라는 눈을 동그랗게 뜨고 그를 쳐다봤다.

"대신에 이런 제안은 다시 없을 거야. 나도 그다지 한가한 사람은 아니거든."

마녀는 둥둥이들이 늘어져 있는 자리를 짧게 훑으며 말했다.

"난 네가 평범하게 사는 걸 방해하고 싶지 않아."

진심이 느껴지는 말이었다. 라라는 가만히 고개를 끄덕였다. 어쩐지 자신을 보는 마녀의 눈빛이 조금 달라졌다는 기분도 들었다.

"이봐, 마음 써주는 거야 갸륵한데 이건 자네가 끼어들어 왈가왈부할 일이 아니야. 천계에서 이미 결정한 일이라고."

재롱이 타이르는 듯이 말했다. 마녀는 그의 말이 마음에 들지 않는지 콧방귀를 뀌었다.

"흥, 거기랑 한편이라 이거지. 쟤가 안 한다고 하면 별수도 없으면서."

"더는 선 넘지 말라는 소리야."

"정말 무섭네, 무서워. 600년을 산 내가 다 겁이 나네."

라라가 놀라 마녀를 쳐다봤다. 저 얼굴이 무려 600년을 산 얼굴이라니. 그러나 둘의 살벌한 분위기에 라라는 놀란 티도 내지 못하고 입을 꾹 다물고 있어야 했다. 몇 마디 더 주고받은 둘은 고개를 팽 돌리며 완전히 틀어졌다. 마녀가 한 마디도 지지 않자 재롱의 동공이 커지며 콧수염이 하나하나 다 세어질 정도로 빳빳해졌다.

"자네, 우리의 계약 내용을 잊었나?"

마녀가 재롱의 일격에 움찔했다. 이내 마녀는 눈을 가늘게 뜨더니 입술을 꼭 다물었다. 곧 그는 재롱을 죽일 듯이 따갑게 노려보기 시작했다. 그때였다.

'날 좀 쓰다듬어줘.'

한 치의 양보도 없이 팽팽하던 긴장감이 누군가의 목소리로 인해 깨졌다. 라라와 재롱은 바로 목소리의 주인을 알아볼 수 있었다. 살구타르트가 어느새 그들 곁으로 다가와 연한 주홍빛 털을 작고 노란 부리로 고르고 있었다. 그는 기분 좋은 울음소리를 냈다. 너무나 사랑스러운 모습에 라라는 손을 들어 그의 몸단장을 돕기 시작했다. 그러자 살구타르트는 귀엽게 고개를 갸웃거리며 스르르 눈을 감기 시작했다.

'우린 네가 필요해.'

라라는 손끝에서 느껴지는 살구타르트의 마음의 소리를 듣고 조금 뒤로 물러섰다.

"괜찮아. 그의 이야기를 좀 더 들어줘."

재롱이 차분한 목소리로 권했다. 마녀는 여전히 고개를 홱 돌린 상태였다. 라라는 재롱과 마녀에게 잠시 시선을 뒀다가 타르트에게로 눈길을 돌렸다.

'우리도! 우리도 네가 필요해!'

'난 네 냄새가 되게 마음에 들어!'

'나도 핥아볼래.'

라라는 놀란 표정으로 소리 낸 이들을 하나하나 살폈다. 마녀는 그런 라라의 곁으로 천천히 다가와 나직한 목소리로 말했다.

"각성이 다 끝나버렸으니 이젠 어쩔 수 없겠어."

"각성이요?"

"그래. 난 쟤들의 빛과 기운만 겨우 느껴. 너처럼 본모습을 보거나, 만질 수 있다거나, 마음의 소리를 듣지는 못해. 그런데 이제 넌 그 일이 모두 가능해졌으니 저 녀석의 말대로 그저 받아들여야 하는지도 몰라."

"어…… 그럼 전 이제 어떻게 해요?"

"결정해야겠지. 네 스스로."

바로 그때, 문손잡이가 돌아가는 소리가 들렸다. 라라와 마녀는 하던 이야기를 멈추고 고개를 돌려 누가 안으로 들어오는지 살폈다. 세 여자가 하나같이 슬픈 얼굴을 하고 가게로 들어섰다.

삐이이이이이이이이! 그 순간 집채만 한 호루라기를 부는 것 같은 소리에 라라는 빠르게 두 귀를 틀어막았다. 놀라운 울음소리의 주인공은 바로 살구타르트였다. 그는 손님들이 등장함과 동시에 그들의 관심을 끌기 위해서 시끄러운 고음을 내고 가게 안을 요란하게 울렸다. 얼굴을 찡그리며 괴로워하던 라라가 살구타르트에게 그만하라고 작게 속삭였다. 하지만 살구타르트는 온 힘을 다해 손님들의 주의를 끄느라 정신이 없었다. 라라가 다시 타일러봤지만 살구타르트는 오히려 고개를 더 빳빳이 들고 있는 힘껏 날개를 파닥거리기 시작했다.

"그만해, 제발. 그런다고 해서 가족들이 널 금방 찾지는 못해."

삐야 삐이이 삐로롱 삐용! 그러더니 전략을 바꿔 이번엔 예쁘게 울기 시작했다. 하지만 안타깝게도 깊은 슬픔에 빠진 손님들은 미처 타르트를 발견하지 못하는 것 같았다. 그들은 빵이 모인 자리를 둘러보는 둥 마는 둥 하며 서로의 눈물을 닦아주고 있었다. 아무래도 자신들이 왜 이 빵집까지 오게된 건지도 정확히 모르는 눈치였다.

"손님? 이쪽으로 오시면……."

"얘야, 미안하지만 우릴 그냥 내버려두겠니? 지금 우린 너무 슬픈 일을 겪고 있어."

"아…… 저, 그게……."

"언니, 그냥 아무 빵이나 골라요. 언니가 갑자기 빵이 먹고 싶다고 해서 여기까지 온 거니까. 사실 그럴 정신이 있다는 게 난 좀 놀랍긴 하지만……."

"나도 내가 왜 이러는지 모르겠어. 그냥 나갈까? 아니야, 너랑 엄마도 뭘 좀 먹어야 하지 않겠니? 거의 며칠째 입맛이 없어서 먹는 둥 마는 둥 했잖아. 뭐라도 골라서 가자."

그러더니 그들은 쟁반과 집게를 들고서 여러가지 빵들

2장 새로운 알바생

을 닥치는 대로 쓸어 담기 시작했다. 라라가 미처 말릴 새도 없이, 자신들에게 꼭 맞는 빵이 뭔지도 모르는 채 말이다. 그때 다시 요란한 사이렌 소리가 울렸다. 라라가 재빨리 고개를 돌려 타르트의 상태를 확인했다. 세상에! 타르트의 몸이 서서히 공중으로 뜨기 시작하는 게 아닌가! 라라는 혼비백산해서 그에게 달려들었다. 그리고 거의 가슴께까지 올라온 그를 덥석 잡아 손님 앞에 내밀었다.

"이게 저희 빵집 시그니처 메뉴예요!"

두 눈을 감고 두 손을 쭉 뻗어 거의 소리를 지르다시피 외친 라라를 모두가 얼빠진 얼굴로 쳐다봤다.

"어, 어, 아니…… 그, 그렇다고요. 정말, 마, 맛이……."

"세상에……."

"정말 말도 안 돼!"

"어머니, 저 위에 올라간 게 살구일까요? 우리 햇살이가 좋아하던 살구 말이에요. 세상에, 어쩜 저렇게 우리 햇살이를 꼭 빼다 닮았을까?"

"언니, 정말 말도 안 돼요. 무슨 빵이…… 아, 갑자기 왜 이렇게 눈물이 나지? 꼭 우리 햇살이를 보고 있는 것만 같아."

가장 나이 든 여인이 라라의 손에서 햇살이를 받아 들고는 조심스럽게 쓰다듬었다. 햇살이는 드디어 그리운 품에 안겼다는 듯 아양을 떨며 그의 손에 얌전히 안겨 있었다. 라라는 그들이 살구타르트에 빠져 있는 사이, 빵이 가득 담긴 그들의 쟁반을 살며시 다른 곳으로 옮겨 두었다.

"우린 이거면 될 거 같아요."

그들은 방금 전 고른 빵들은 잊은 채 온통 살구타르트에 정신이 팔려 조급해했다. 마녀는 그들이 지불하는 노잣돈을 챙기며 주의 사항을 설명했다. 반드시 오늘이 지나기 전에 빵을 나눠 먹고 깊은 잠에 들 것. 꿈에 햇살이가 나오면 그의 소원을 꼭 들어주도록 할 것. 만일 문제가 생길 시, 이 명함에 적힌 전화번호로 연락할 것. 그러면서 자기 이름과 어울리는 새까맣고 보랏빛이 도는 빳빳한 명함을 내밀었다. 손님들은 처음 가게로 들어올 때보다 좀 더 멍한 얼굴을 하고 사라졌다. 라라는 한바탕 몰아친 소란을 넘기고 한숨 돌렸다.

"아주 멋지더군."

"엄마야! 깜짝이야!"

그의 뒤로 누군가 불쑥 튀어나왔다. 재롱이었다.

"놀랐잖아. 그렇게 갑자기 나타나면 어떡해."

"히히. 미안. 너무 기특해서 나도 모르게 그만. 일단 하나 알려주자면 좀 전에 손님이 데려간 둥둥이는 사고로 죽었어. 열린 창문을 통해 밖으로 나갔다가 다른 집 창문에 머리를 부딪혀버렸거든. 아마도 처음 듣는 외부 소리에 많이 당황했던 모양이야."

"그랬구나……."

"그래서 가족들이 저렇게 슬픔에 빠져 있었던 거야. 자기들 실수라고 생각하니까."

라라는 그들의 마음을 이해할 수 있을 거 같았다. 소중한 이, 더구나 한순간의 사고로 잃은 가족이라면 그 상실감은 이루 말로 할 수 없을 만큼 깊었을 것이다. 자신의 엄마가 돌아가셨을 때처럼.

"너, 혹시 햇살이의 소원에 대해 들은 게 있어?"

라라는 고개를 가로저었다. 특별히 떠오르는 게 없었다.

"아직 거기까진 무리였나 보군. 어쨌건 오늘 대단히 잘해줬어. 고마워."

재롱이 라라의 손등에 이마를 쿵 부딪혀 왔다. 단단하지만 부드러운 감촉이었다. 라라는 따스함을 느끼며 그의 이마를 쓰다듬었다.

"이제 어쩔 거니? 이 일, 할 거야?"

팔짱 낀 마녀가 라라를 향해 물었다. 라라는 소심하게 고개를 끄덕였다. 마녀는 그런 그를 보고 손가락을 까딱거려서 테이블 의자에 앉혔다. 그러고는 계약서를 잘 펴서 한 번 쓸었다.

"계약은 간단해. 일단 네 소원 하나를 말해. 평소에 이루어졌으면 하던 거 아무거나."

"평범한 학교생활이요."

빙글빙글 돌아가던 펜이 마녀의 손 위에서 그대로 멈췄다. 이내 마녀의 어깨가 한숨과 함께 크게 들썩거렸다.

"왜 그런 소원을 비는 건데?"

"전 원래부터 평범하지 않았어요. 다른 애들이 평범이라며 누리는 것들을 다 할 수 없었으니까요. 가난하고 부모도 없고……. 그런데 오늘부로 제 인생은 더 평범하지 못할 거 같아요. 특히 이 빵집이란 곳에서는 더더욱이요. 그러니까 가능하다면 학교에서만큼은 좀 평범하게 지내고 싶어요. 아까 제 신발 바꿔야겠다고 하셨죠? 적당히 알바비도 쳐주신다고 하셨으니까 어쩌면 겉모습은 좀 평범해질 수 있겠다, 그런 생각이 들었어요. 그래서 그냥 하려고요. 이 알바."

"좋아. 듣고 보니 그거 참 괜찮은 소원이네."

라라가 작게 고개를 끄덕였다. 마녀는 계약서라고 적힌 종이에 빨간 펜으로 라라의 소원을 받아 적었다. 그러고 나서 종이를 라라 쪽으로 내밀었다. 정식 계약서라고 보기엔 상당히 조악한 모양새였지만, 라라는 첫 아르바이트 계약서인 만큼 정성을 다해 또박또박 정자로 이름을 적어 사인을 했다.

"이제 이걸 네 가방 안에 꼭 넣고 다녀."

"제 가방이요?"

"그래. 자꾸 되묻지 마. 이제 기가 빨려서 말하기도 귀찮으니까."

"아…… 네."

라라는 의욕 없는 마녀의 태도에 입을 다물었다. 그리고 얌전히 계약서를 향해 손을 뻗었다. 그 순간 계약서에서 은은한 빛이 나더니 위 모퉁이가 들썩거리기 시작했다. 라라는 이건 또 무슨 일인가 싶어 얼른 다시 손을 거둬들였다. 바로 그때, 마녀가 계약서에 숨을 불어 넣었다. 그러자 들썩이던 계약서가 스르르 홀로 일어나기 시작했다. 얼마 후 휘둥그레진 라라의 앞에는 계약서가 완전히 일어나 있었다. 그러고는 조금씩 흐느적거리더니 테이블 위를 천천히 걸어 다니기 시작했다. 아래쪽 양 모퉁이를 두 발 삼아 한 발, 한 발 내딛는 꼴이 우습기도 하고 기괴하기도 했다.

라라는 오늘 자신이 본 것들이 차라리 꿈이라면 그게 조금 더 현실적이라고 생각했다. 그러면서 어정쩡한 표정으로 웃으며 뒤뚱거리는 계약서를 바라봤다. 마녀는 그들을 지켜보기만 할 뿐 다른 말은 없었다. 이제 계약서는 걷기에 완전히 적응했는지 똑바로 서서 상단부를 이리저리 비틀기 시작했다. 아무래도 무언가를 찾는 모양새였다. 그러더니 라라가 있는 쪽으로 몸을 획 돌렸다. 라라는 너무 놀라 하마터면 크게 비명을 지를 뻔했다. 그런 와중에도 계약서는 '계약서'라고 적혀 있는 부분을 흔들거리며 혼자 고개를 끄덕였다.

"네가 계약자라는 걸 알아보는 거야."

가만히 있던 마녀가 한마디 던졌다.

"그럼 저는 이제 어떻게……."

"아까 말해줬잖아. 가방을 열어야지."

"아!"

계약서는 기다리고 있었다는 듯이 상부를 크게 끄덕거렸다. 라라가 가방을 얼른 열자 종이가 몸을 부르르 떨며 기지개를 켜기 시작했다. 그리고 뜀뛰기를 하며 몸체를 꽤 높이 띄웠다. 그러더니 상부를 뒤로 넘겨 도움닫기를 하고 그대로 몸을 던졌다. 그 상태로 종이가 둘둘 말리면서 빠르게 하늘을 날아올랐다. 아주 순식간에 포물선을 그리며 휘익, 하고 가방 속으로 떨어졌다. 멋진 착지였다. 그 모습을 지켜보던 라라와 둥둥이들이 크게 감탄하며 환호했다.

"그럼 내일부터 출근?"

마녀가 즐거워하는 라라의 얼굴을 보며 확인했다. 라라는 웃으며 고개를 끄덕였다. 마녀는 드디어 모든 일을 마무리했다는 듯이 그때부터 식기를 들고 정리하기 시작했다. 그러면서도 일을 거들기 위해 자리에서 일어난 라라를 저지했다. 그가 테이블에 널려 있던 것들을 쟁반에 담아 움직일 때마다 쟁반 안에 있던 컵과 포크, 접시가 달그락거리는 소리를 냈다. 그와 함께 마룻바닥을 지그시 딛는 마녀의 얌전한 발소리, 오래된 나선형 계단의 흐릿하고 아름다운 실루엣, 겨울이면 불이 지펴질 난로가 한데 어울려 편안한 느낌을 자아내고 있었다.

'이제 내일이 되면 이런 곳에서 일을 해.'

라라는 가방을 챙기기 시작했다. 그가 지퍼를 닫기 위해 손을 대자 계약서가 아주 짧게 부스럭거리다가 조용해졌다.

"저 이제 그만 가볼게요."

"잠깐만!"

부엌에 있던 마녀가 앞치마에 손을 닦으며 급히 다가왔다. 그러고는 손바닥을 펴서 숨을 불어 잡더니 라라를 향해 던졌다. 그것은 곧 작은 바람이 되어서 라라의 몸을 감쌌다. 따듯하고 포근한 훈풍이 그의 몸과 옷을 말끔하게 말렸고, 기분 좋은 향내까지 나도록 만들었다.

"우와!"

"놀라긴. 이것도 가져가."

마녀는 새카맣고 가느다란 무언가를 꺼내서 손바닥에 퉁퉁 내리쳤다. 그러고는 손목을 가볍게 튕기자 은은한 광택이 나는 고급스러운 부채가 라라의 눈앞에 펼쳐졌다. 라라가 짧게 탄성을 내자 마녀는 그에게 부채를 쥐여주었다. 부채는 금실과 은실로 수가 놓여 있었고, 중간중간에 붉은 꽃과 푸른 나비가 새겨져 있었다. 라라는 그것들을 하나하나 살피며 신기해했다. 그러던 중 하마터면 부채를 떨어뜨릴 뻔했다.

"조심해. 손에서 놓치면 안 돼."

마녀가 라라의 손 위로 부채를 꽉 그러쥐었다. 라라는 갑자기 살아나 부채살 사이를 자유롭게 넘나드는 나비 자수를 보며 얼른 고개를 끄덕였다.

"이 부채는 생긴 것과 다르게 꽤 성미가 고약해. 실수로 자길 떨어뜨리거나 잃어버리면 한동안 토라져서 부름에 응하지도 않지. 이 나비들은 부채를 만든 이가 특별히 날 위해 새겨둔 거야. 주인인 나를 알아보는 거지. 네 계약서처럼."

"아…… 근데 이렇게 귀한 걸 왜 저한테……."

"잠깐 빌려줄게. 문밖으로 나가서 딱 세 걸음을 떼고 부채를 접어. 평소처럼 걷다 보면 생각보다, 아니 상상 이상으로 아주 빨리 집에 도착해 있을 거야."

"아주 빨리 얼마나요?"

"음, 눈썹이 휘날릴 정도로?"

"어, 엄청나네요. 하하."

"자, 이제 어서 나가."

"어엇!"

마녀가 문을 열어 배웅을 시작하자 부채가 왠지 더 빳빳해지는 것 같았다. 라라는 자신의 손에서 저절로 움직이는 부채가 매우 당황스러웠지만, 마녀는 부채가 준비 운동을 하는 중이니 너무 겁먹지 말라며 그를 얼른 밖으로 내보냈다. 라라는 잔뜩 얼어 어색한 상태로 마녀에게 인사했다. 그걸 본 마녀가 장난스럽게 키들거렸다. 라라는 어느새 비가 그친 하늘을 잠깐 올려다보다가 조심스럽게 걸음을 뗐다. 하나, 둘, 셋! 그리고 마지막 걸음에서 재빨리 부채를 접었다.

그러자 순식간에 땅이 뒤틀리더니 굽이굽이 접히기 시작했다. 라라는 너무 놀라 숨을 참고 뒤를 돌아봤다. 마녀는 그에게 어서 출발하라는 신호를 보내고 있었다. 다시 몸을

2장 새로운 알바생

돌린 라라는 빼곡히 접힌 땅바닥을 쳐다보며 침을 삼켰다. 마치 기다란 아코디언을 빡빡하게 눌러 모은 것 같았다. 바로 그때, 부채에서 강력한 기운이 느껴졌다. 라라는 이제 자신이 움직일 차례라고 느꼈다. 호흡을 가다듬고 접힌 땅에 한쪽 발을 올려다 놨다. 그러자마자 생각지도 못한 속도가 다리에 달라붙었다. 겁이 난 라라는 그제야 소리를 지르기 시작했다. 조금 더 지나자 그의 입에서는 비명이 아닌 환호성이 흘러나왔다.

　보폭을 조절할 수 있게 되면서 속도를 즐기게 된 라라는 잠깐 사이 빵집에서 멀어졌다. 그가 흔적 없이 사라지자 마녀 곁으로 한차례 서늘한 바람이 불었다. 이어서 지붕이 유달리 뾰족한 빵집 문이 빈틈없이 쾅, 하고 닫혔다.

딸기 슈크림붕어빵

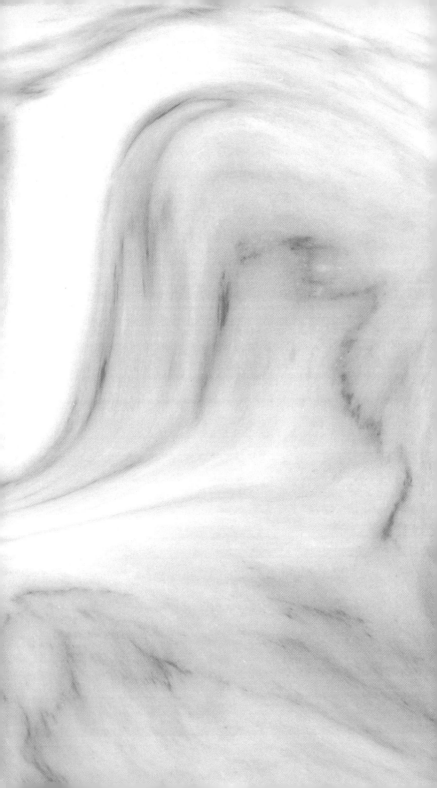

"네가 들어온 지도 벌써 한 달 반이나 지났군."

"이렇게 시간이 빨리 지나갈 줄은 몰랐어."

재롱이 새로 들어온 둥둥이들을 소개시키며 라라에게 말했다. 라라는 마지막으로 들어온 보배에게 인사를 건네며 답했다. 그동안 많은 변화가 있었다. 라라는 어느새 평범한 아이들처럼 옷을 사 입고 스마트폰도 가질 수 있게 되었으며, 겉으로 봐서는 딱히 눈에 거슬릴 만한 점도 찾아볼 수 없었다. 아직도 이렇다 할 친구는 없었지만 그래도 괜찮았다. 빵집이라는 아늑한 공간이 생겼으니 말이다. 라라는 거의 매일같이 빵집으로 출근해서 가장 먼저 마룻바닥을 쓸고 닦았다. 그다음 둥둥이들의 안부를 일일이 물으며 인사를 나눴다. 흐트러진 빵이 있다면 제자리를 찾아 예쁘게 진열했다. 마녀를 도와 간간이 빵을 굽는 날이면 가장 맛 좋은 빵을 먼저 얻어먹는 즐거움을 누리기도 했다.

"새로 온 친구들이 너와 한 첫인사가 퍽 마음에 들었나 보군."

둥둥이들은 라라에게 마음을 연 듯 폴짝폴짝 뛰어다니기 시작했다. 그들은 소풍 온 아이들처럼 하나같이 적당히 흥분한 채로 제각각 떠들어댔다. 라라는 햇살같이 맑고 투명한 그들의 영혼에 살며시 손을 가져다 대며 웃었다.

'기분 좋아! 손이 너무 따스해!'

'킁킁, 손이다. 근데 다음엔 엉덩이 냄새를 맡아보고 싶어.'

'난 벌써 손바닥 다 핥았지롱!'

"다들 반겨줘서 고마워. 우리 일주일간 잘 지내보자."

라라가 답하자 모든 둥둥이들의 행동이 그대로 멈췄다. 그러고는 모두 똑같이 반응했다.

'세상에! 인간이 우리 말을 써!'

어느 순간부터 라라는 아무런 어려움 없이 둥둥이들과 자유롭게 대화를 나눌 수 있게 되었다. 그렇게 된 데에는 아무래도 여러 가지 요인이 뒤따랐다. 마녀가 기초 도술을 알려준다며 집중 명상법을 지도했다든가, 재롱이 영혼과 소통하는 기법에 대해 누구보다 정확하게 속성 강의를 해줬다든가 하는 일 덕분이었다. 그때였다. 포르르르르륵. 물고기 보배가 허공을 가르며 빵집 이곳저곳을 탐색하기 시작했다.

"자꾸 왜 이렇게 나오는 거야?"

그와 동시에 멀리서 투덜거리는 소리가 작게 들렸다. 마녀의 목소리였다. 라라는 어쩐지 오늘따라 준비가 늦는 그를 살피기 위해 급히 부엌으로 향했다. 그리고 그 뒤를 보배가 바로 헤엄쳐 따라왔다.

"어! 안 돼, 보배야. 사장님은 둥둥이가 부엌에 들어오는 걸 싫어하셔."

"왜? 나도 궁금하단 말이야. 갓 나온 내 모습."

"그래도 안 돼."

라라가 단호하게 응했다. 그러자 보배는 한 번만 보게 해 달라며 빠르게 누운 8자 모양을 그리며 떼를 썼다. 라라가 고개를 젓자 보배는 잔뜩 토라져서는 멀리 날아가버렸다. 라라는 짧게 한숨을 쉬며 부엌 안으로 들어섰다. 안은 상당히 엉망이었다. 반죽 통이 벌써 네 개나 밖으로 나와 있었고, 열기도 채 식지 않은 오븐 판이 선반 여기저기에 대충 널려 뜨거운 김을 내뿜고 있었다.

"대체 얼마나 구우신 거예요?"

라라가 놀라 묻자 마녀는 이마에 난 땀을 닦으며 뒤돌아봤다. 완전히 지친 것 같았다.

"하…… 나도 몰라."

"무슨 일이 생긴 건지 물어봐도 되죠?"

라라가 조심스럽게 마녀에게 다가갔다. 그의 곁에서 아주 고소한 단내가 확 풍겨났다. 라라는 마녀의 어깨 너머를 살피고는 약간 갸우뚱한 표정을 지었다.

"사장님 혹시 이게…… 보배는 아니죠?"

"……"

저런, 보배가 맞나 보다. 라라는 뭔가 건드리면 안 될 것을 건드린 거 같아서 조용히 그리고 아주 신속하게 부엌을 빠져나왔다.

"어때? 어때, 내 모습?"

그사이 궁금증을 못 참고 기분을 푼 보배가 라라에게 다가와 재롱을 피웠다.

"어…… 뭐, 좋아."

"정말? 예뻐? 어떻게 생겼어? 진짜 지금 보여주면 안 되는 거야?"

라라는 보배의 끊임없는 질문 공세에 진땀이 나기 시작했다. 보배는 기대에 찬 눈으로 라라의 얼굴만 쳐다보고 있었다.

"아! 보배야, 지금 그게 중요한 게 아니야. 당장 나랑 해야 할 일이 있어. 날 따라와."

라라는 억지스럽게 눈꼬리를 휘며 보배를 부엌 근처에서 최대한 멀리 떨어뜨렸다. 그리고 재롱에게 부엌으로 가보라고 얼른 눈짓했다.

마녀는 오늘 할 수 있는 한 모든 노력을 다하고 있었다. 그는 두 시간 내내 뜨거운 오븐 앞에서 씨름하며 식빵도 페이스트리도 단팥빵도 아닌, 꼬리 터진 붕어빵이 멀쩡한 붕어빵이 되어 나올 때까지 몇 번이고 다시 구워냈다. 비록 꼬리 부분이 좀 터져 있긴 했지만 붕어빵 자체는 제법 토실토실하고 노릇노릇했다. 상큼한 딸기 향이 달큼하게 풍기기도 했고.

"해야 할 일이 뭔데? 너 괜히 내가 부엌에라도 들어갈까 봐 붙잡아두는 건 아니겠지?"

그사이 보배가 라라의 코앞으로 다가와 있었다.

"아니! 정말 우리 둘이서 해야 할 일이 있어."

포르르르르르르. 보배는 라라의 얼굴 앞에서 왼쪽 오른쪽을 왔다 갔다 하며 의심스러운 눈초리를 했다.

"너랑 네 반려인에 대한 정보! 우린 그걸 꼭 파악해서 여기에 이렇게 적어야 하거든."

라라가 테이블 한쪽 옆으로 밀어뒀던 백과사전 두께의 일지를 꺼내 펼치며 두서없이 말했다.

"뭐부터 말해주면 되는데? 태어났을 때부터? 아니면 내가 제일 좋아하는 일부터?"

"어어…… 아니야, 말하지 않아도 돼. 그냥 내가 볼게."

"뭐?"

"그래야 네가 가진 그 많은 기억들을 내가 빠짐없이 다 알 수 있으니까."

"그런 게 가능해? 어떻게?"

"얘기하자면 좀 길어. 그냥 방법만 먼저 알려주자면 네가 나에게 기억을 보여주겠다고 마음을 먹고, 내 몸을 어디든 통과하기만 하면 그때부터 난 네가 된 것처럼 기억을 들여다볼 수 있어.”

“좋아. 한번 해보지, 뭐.”

보배는 그 정도야 별거 아니라는 듯 양옆 지느러미를 팔락거렸다. 라라는 그런 그가 귀여워 살포시 웃고 말았다.

“이제 간다아!”

허공에 떠서 꼬리 끝만 살랑이던 보배가 갑자기 뒤로 쭈욱 물러났다. 그런 후 라라의 오른손을 빠르게 통과했다. 그 순간 라라는 모든 감각이 끊어지는 듯 정신이 아득해졌다. 그리고 급하게 몸을 타고 흐르는 무언가를 느꼈다. 그것은 타자의 것이었던 생경한 삶의 감각이었다. 기억들이 마치 아날로그 카메라 필름이 풀어지듯이 거칠고 급하게 전해 들어오는 바람에 심장이 터져버릴 것만 같았다. 바닥으로 가라앉는 느낌에 놀라 라라는 꼬리를 힘차게 흔들었다. 보배의 움직임에 따라 몸이 다시 떠오르자 누군가가 아주 짧게 감탄했다. 시야 안에 귀여운 양 갈래 머리에 빨간색 티셔츠, 멜빵바지를 입은 여자아이가 들어왔다. 그는 손가락을 들어 라라가 있는 쪽으로 따라다녔다. 그러다가 어느 순간부터는 라라가 그의 손가락을 따라다니기 시작했다.

“엄마! 아빠! 언니! 여기 좀 봐. 얘가 나 따라다녀!”

흩어져 있던 가족들이 모여들었다. 보배의 몸속에 있던

3장 딸기슈크림붕어빵

라라는 신나게 손가락을 움직이는 아이를 따라다니느라 정신이 없었다. 하지만 이내 온몸에 피가 빠르게 돌면서 신나고 가슴이 크게 뛰었다.

"어머, 그러네? 얘는 우리 정서가 좋아하는 빨간색이다."

"정말 예쁘다, 정서야."

"이제 우리 가족이 되는 거야?"

라라는 마지막에 등장한 키 큰 여자애를 보고 놀랐다. 하필이면 같은 반 애를 여기에서 만나다니! 당황해서 생각이 멈춰버렸다. 그러는 사이, 아주 큰 뜰채가 다가왔다. 라라는 갑자기 건져 올려지는 바람에 더욱 정신을 차릴 틈이 없었다. 수염이 북슬하게 난 주인아저씨는 투박한 손길로 투명한 비닐봉지를 꺼내 버둥거리는 라라를 망설임 없이 안으로 집어넣었다. 얼마 후 정서네 가족은 가게를 나와 차에 올라탔다. 재빨리 조수석에 오른 정서는 그때부터 쉴 새 없이 재잘거리기 시작했다.

"아까 주인아저씨가 그러는데요. 얘는 베타라는 열대어래요."

"진짜 꼬리가 무슨 장미꽃처럼 생겼네?"

"우리 정서, 매일 고양이 강아지 타령하더니 이제 이 녀석한테 푹 빠져서 지내겠구나?"

뒷좌석에 탄 아빠도 말을 보태자 정서는 뿌듯한 얼굴을 해선 수줍게 고개를 끄덕였다.

"정서야, 얘 이름 뭘로 지을 거야? 생각해둔 거 있어?"

"언니! 얘는 이제부터 한보배야!"

그렇게 이름을 갖게 된 첫 순간, 라라는 보배가 느꼈던 짜릿한 감동을 그대로 느끼게 되었다. 작은 심장이 크게 두근거리면서 피가 빠르게 돌았다. 그리고 주둥이가 바짝 들리면서 정서가 있는 쪽으로 연신 입이 뻐끔거려졌다.

"이것 좀 보세요! 보배도 좋은가 봐요!"

<u>포르르르르르</u>. 가족들이 기뻐하는 소리에 온몸에 피가 한 번 더 돌았다. 운전석에 앉아 있는 정서의 엄마도, 뒷좌석에 같이 앉은 아빠와 언니도, 조수석에서 얌전히 비닐봉지를 품어 안은 정서도 하나같이 사랑스러운 눈길을 보내고 있었다.

'엄청 행복한 첫 만남이었네.'

그런 감상에 빠져들 무렵, 갑자기 암전이 찾아왔다.

"보배야! 보배야!"

라라는 다급한 정서의 목소리에 깨어났다. 그러고는 바로 연꽃잎 모양의 수상 침대에서 내려왔다. 방문 밖에서 날카로운 고함 소리가 들렸다. 잠긴 문손잡이가 돌아가는 소리도 들렸다.

"보배야, 자는데 미안해. 그치만 엄마가 또 화가 났어. 난그냥 도와주려고 한 건데."

몸통은 그대로 두고 꼬리만 살짝 살랑거리자 정서가 울

먹이며 입을 열었다.

"난 그냥 엄마가 오늘 쉬는 날이라고 만두 만들어주신 댔거든? 근데 잠깐 통화하신다고 방에 들어가셔서 도우려고 밀가루를 잡았는데 그게 다 쏟아져버린 거야…….'"

얘기를 들어보니 정서는 쏟아진 밀가루를 닦기 위해 행주를 들었다가 아무래도 청소기가 더 좋겠다고 생각했단다. 신나게 청소기를 돌리고 나서 통이 너무 엉망이 된 걸 발견했고, 청소기를 다시 분리했을 땐…….

"먼지랑 밀가루가 같이 폭발했어."

라라는 어항 유리에 바짝 붙어 코가 눌린 정서 앞으로 다가가 제자리에서 빙글빙글 돌았다. 정서는 이후로도 여러 가지 푸념을 늘어놓았다. 부모님은 몇 년 전부터 사업으로 너무 바쁘고, 언니인 예슬은 예고 준비로 매일 집에 늦게 들어온다고 말이다.

"나만 맨날 혼자 집에 있는데 예쁜 가방만 사주면 다인 줄 알아. 근데 있잖아. 요즘 학교에서도 애들도 나한테 자꾸 정서 불안이라고 놀린다? 나는 그냥 빨리 친해지고 싶어서 그러는 건데 그게 싫고 부담스럽대."

정서는 너무 외로워서 거칠어진 아이였다.

'많이 속상했겠다, 정서야…….'

보배의 몸이 크게 움직였다. 손가락 놀이를 하자는 신호였다. 정서가 볼에 흐른 눈물을 닦아 훔치고 손가락을 들었다. 그리고 어항 유리에 손끝을 갖다 대 그림을 그리기 시작했다. 동그라미, 별, 꽃, 엄마, 아빠, 언니 그리고 보배까지. 정서는 얼마 후 언제 그랬냐는 듯이 환하게 웃기 시작했다. 라라는 보배의 작은 심장이 빠르게 박동하는 소리를 들으며, 그것이 빠르게 뛰면 뛸수록 더 많은 감각이 열린다는 사실을 알아냈다. 정서의 유일한 의지처이자 단짝이었던 보배가 이제는 그의 곁에 없다는 사실을 안타까워하며 라라는 또다시 정신을 잃었다.

'왜 이렇게 숨이 막히지?'

새로운 기억으로 넘어오자 본능적으로 아가미가 바짝 열렸다. 하지만 좀처럼 속이 뻥 뚫리는 느낌이 나질 않았다. 오히려 더 턱턱 막히는 바람에 아찔한 기분마저 들었다.

'물맛이 좀 이상한 건가? 아니야, 산소가 너무 부족해.'

입을 크게 벌렸다. 그리고 있는 힘껏 물을 마셨다가 토해냈다. 그래도 모자란 산소는 채워지지 않았다. 보배가 거칠게 버둥거리기 시작했다. 어떻게든 살고자 하는 몸부림이었다. 라라는 보배의 처절함을 있는 그대로 느끼며 안간힘을 다해 숨을 쉬었다. 보배는 수면 위에 떠 있는 수상 침대 위로 올라가기 위해 애썼다. 하지만 가까이 다가갈수록 점점 더 정신이 아득해지며 자꾸만 어디론가 빨려 들어가는 느낌이 들었다.

'이대로는 안 돼.'

라라는 강하게 직감할 수 있었다. 지금이 바로 보배가 죽

　　　　　　　　　　　3장 딸기슈크림붕어빵

음을 맞은 순간이라는 사실을. 문득 공포가 들이닥쳤다. 남의 일을 간접적으로 겪는 것이지만 죽음을 온전히 맞이하는 경험이란 너무나 낯설기 때문이었다. 그 순간에도 라라는 더 많은 단서를 봐두려고 노력했다. 캄캄한 방 안, 아기자기한 침구가 있는 침대 위 스케치북. 그 아래 엉망으로 널려 있는 색색의 색연필과 바로 옆에 있는 책상 그리고 고이 올려놓은 새빨간 새 가방…… 그리고, 그다음에는…… 아주 다급한 누군가의 손! 라라는 또다시 정신을 잃고야 말았다.

"일어나! 보배야! 죽으면 안 돼……."

누군가의 울음소리가 들렸다. 잠시 의식이 돌아온 라라는 목소리의 주인공이 정서라는 걸 바로 알아챘다. 마지막에 보았던 손은 그의 것이었나 보다. 정서가 급히 물갈이를 했는지 숨쉬기가 훨씬 나아져 있었다. 하지만 몸에 기운이 없기는 마찬가지였다.

"나 두고 가지…… 나 너 없으면 못……."

정서의 목소리가 자꾸만 끊겼다가 이어졌다. 보배의 정신이 자꾸 깜빡거리는 탓이었다. 그러다가 어느 순간에 이르자, 몸과 영혼이 완전히 분리되며 붕 떠오르는 느낌이 들었다. 이제 정말 끝이었다.

"아!"

라라는 짧은 비명인지 감탄인지 모를 소리를 내며 깨어났다. 그리고 현실로 빨리 돌아오기 위해 고개를 털어냈다.

*

"괜찮아?"

옆에 있던 재롱이 나긋하게 물었다. 어느새 마녀도 그의 곁에 다가와 앉아 있었다.

"얼마나 오래 있었죠?"

"10분쯤? 전보다 확실히 빨라지고 있어."

"아, 다행이다. 할 때마다 느끼는 거지만 되게 피곤하 네요."

라라가 싱겁게 웃자 마녀가 그의 머리를 쓰다듬었다.

"그럴 만도 하지. 타자의 기억을 읽는 건 보통 일이 아니 니까. 자, 마녀가 너한테 주려고 이걸 준비했어. 얼른 마시고 기운 내."

그러면서 재롱은 새콤한 냄새가 마음에 들지 않는다며 물방울 맺힌 유리잔을 앞발로 툭툭 쳤다. 라라는 웃으며 그 를 따라 하다가 이내 빨대를 잡아 레모네이드를 한 모금 시 원하게 빨아들였다.

"아, 좀 살 것 같다. 보배는요?"

"그러게, 어디 갔지? 조금 전까지만 해도 여기에 같이 있 었는데."

라라가 두리번대기 시작하자 재롱도 자리에서 일어나 주변을 살폈다. 그런데 그때, 마녀가 조용히 손가락을 들어 티 테이블 아래를 가리켰다.

"네?"

3장 딸기슈크림붕어빵

쉿, 마녀가 손가락을 빠르게 움직여 입술 위에 갖다 댔다. 그러고는 입을 크게 벌려 묵음으로 말하기 시작했다. 이 아래에서 기운이 느껴져! 라라와 재롱이 눈을 맞췄다. 그리고 이내 짧게 고개를 끄덕였다. 둘 다 마녀가 왜 이러는지 아는 눈치였다.

"그래 봐야 빵집 어딘가에 있겠지."

라라가 괜히 너스레를 떨었다. 그러면서 손가락을 하나씩 펴서 하나아, 두울, 숫자를 세기 시작했다. 모두들 그 행동을 유심히 지켜보며 고개를 끄덕였다. 그리고 셋! 라라가 잽싸게 몸을 휙 숙여 테이블 밑을 살폈다.

"보지 마!"

포르르르르르르. 라라의 기습을 미처 예상하지 못한 보배가 비명을 지르며 줄행랑치기 시작했다.

"어어, 보배야! 거긴 안 돼!"

누가 막아설 틈도 없이 보배는 마녀의 부엌 안으로 들어가버렸다. 라라가 그를 쫓아 급하게 부엌으로 따라 들어갔다. 그러고는 화가 난 상태로 허공에 떠있는 보배를 보고 두 눈을 질끈 감아버리고 말았다.

"저…… 보배야."

보배는 오븐 위에서 식고 있는 붕어빵 하나를 가만히 쳐다보고 있었다. 보배가 고개를 휙 들어 라라에게 시선을 맞췄다. 그의 동그란 눈이 세모나게 보였다.

"내가 혹시 여기로 들어가야 돼?"

"어?"

"이거! 이렇게 터진 꼬리에 볼품없는 물고기 모양 빵이 내가 들어가야 할 자리인 거냐고!"

붕어빵에 더 가까이 다가가 모양을 살피던 보배는 아예 울먹이기 시작했다.

"걱정하지 마. 다시 만들 거야. 이건 그냥……."

"만들긴 뭘 만들어! 내 꼬리가 진짜 사라져서 이러는 걸 텐데!"

"그게 무슨 소리야. 네 꼬리가 사라지다니!"

보배가 뒤를 돌아 라라에게 꼬리를 보였다. 라라는 저도 모르게 두 손으로 입을 가렸다. 꼬리 군데군데에 구멍이 뚫리다 못해 위쪽 끝은 눈에 띄게 바랜 상태였다. 라라의 반응을 보며 입과 아가미를 쉴 새 없이 뻐끔거리던 보배는 결국 흥분을 감추지 못하고 크게 울음을 터트렸다. 라라는 지금이야말로 정신을 아득하게 잃어야 할 때가 아닐지 고민했다. 라라는 당장 보배를 부엌에서 데리고 나왔다. 사실 보배는 스스로 움직일 생각이 전혀 없었기 때문에 라라가 오븐 판을 그대로 들고 나왔다는 말이 더 맞았다. 그의 어여쁜 꼬리지느러미는 여전히 아름다운 꽃잎처럼 흔들렸다. 그러나 그럴 때마다 꽃잎이 말라 바스라지듯이 일부가 떨어져 나와 흩날렸다. 라라는 그 모습을 안타깝게 쳐다보다가 잦아드는 보배의 울음소리에 귀를 기울였다.

"보배야, 이제 좀 괜찮아졌어?"

"아니. 정서가 아무래도 아직까지 날 데리고 있는 거 같아. 정확히는 내 죽은 몸을……."

"그건 또 무슨 소리야?"

얼른 몸을 숙여 보배에게 더 가까이 다가간 라라는 그를 손 위에 올렸다.

"네가 본 마지막 기억이 내 죽음의 끝이 아니라는 소리야. 난 그러고 나서도 두 번 정도는 더 눈을 떴어. 그때마다 정서랑 눈이 마주쳤고."

라라의 눈동자가 당혹스러움으로 물들었다.

"겨우 정신이 들었을 때마다 낯선 곳이었어. 잘 떠오르진 않지만 원한다면 지금 잠깐 보여줄 수도 있어."

보배는 몸을 더 위로 띄우며 당장이라도 손을 통과할 태세를 취했다.

"그래, 거기가 어딘지만……."

라라는 미처 말을 끝맺지 못한 채로 암전에 들어갔다. 푸른 나뭇가지가 뻗친 창밖으로 수많은 간판이 보였다. 전부 학원 이름이었다. 열린 창을 통해 들어오는 갖가지 소음에 골이 울렸다. 그러다가 하얗고 네모난 타일 벽이 보였고, "보배야! 살아나! 살아나! 보배야!" 하는 정서의 간절한 외침도 들렸다. 거기까지 본 라라는 얼른 현실로 빠져나왔다.

"네 마지막 기억 속 장소가 어딘지 알겠어. 정서가 다니던 학원 화장실이야. 아무튼 네 꼬리가 이렇게 되는 게 정서가 널 데리고 다니는 일과 연관이 있다는 거지?"

보배는 지친 표정으로 몸을 끄덕이며 꼬리가 터진 붕어빵 위를 둥둥 떠다녔다.

"쯧쯧. 망자의 육신이 그동안 전혀 편안하지 못했던 게로군."

"그건 또 무슨 소리야, 재롱아?"

"죽음이라 하면 우리는 영혼이 어떻게 되는지만 궁금하지. 하지만 그 전에 망자의 육신이 얼마나 편안하게, 어떻게 잠들어 있는지가 훨씬 더 중요해. 보배는 지금 죽음의 정식 절차를 거치지 않고 그냥 썩고만 있는 거야. 누구든 죽고 난 후에는 반드시 소중한 인연들과 작별의 시간을 갖고 생전에 있었던 일들을 정리해야 해. 그건 죽은 자들에게만 필요한 일이 아니야. 그들과 함께 지냈던 이들에게도 반드시 필요한 일이지. 그런데 지금 보배는 그 과정을 거치지 않고 여기로 영혼만 넘어온 거야. 그러니까 아직까지 몸과 영혼이 이어져 있을 가능성이 크다는 말이지."

"몸이 사라지면 영혼도 같이 사라질 수 있다는 거야? 그래서 정서가 더 이상 보배의 몸을 데리고 다니면 안 된다는 거고?"

모두들 라라를 보며 고개를 끄덕였다. 고양이 재롱이 무서워 어느새 붕어빵 속으로 들어가 눈만 빼꼼히 꺼낸 보배가 지도.

"난 이제 정서랑 우리 가족들이랑 마지막 인사를 나누고 꼬리도 되찾고 편안하게 쉬고 싶어. 어차피 죽었는데 그거 말곤 할 수 있는 게 없잖아."

"그렇지. 사실 떠나는 이의 소원이 대단할 것도 없지. 몸과 마음을 편안하게 하고 생에 모든 사랑도 미움도 다 놓고 가는 거. 그게 제일 중요한 일이지."

재롱이 주변에 있는 빵들을 둘러보며 말했다.

"맞아. 그게 내 마지막 소원이야. 정서가 이제 날 그만 보내주면 좋겠어."

"어떻게 보내주면 좋겠는데? 그게 네 마지막 소원이라면 좀 특별하게 만들어보는 것도 좋을 거 같아서."

"특별하게? 그럼 난 정서랑 우리 가족들이랑 예쁜 수련이 가득 핀 따뜻한 연못으로 가서 헤엄치며 놀고 싶어. 우리 엄마의 엄마의 엄마가 어릴 적 그런 아름다운 곳에서 살았대. 그러다가 연꽃잎을 침대 삼아서 가족들이 지켜보는 데서 천천히 눈을 감고 싶어."

"괜찮은데? 그렇게 한번 해보자!"

라라의 말에 보배가 꼬리를 활짝 펴고 빠르게 다가와 하트 모양을 그렸다. 라라는 정서처럼 손가락을 들어 올렸다. 그리고 하트, 세모, 네모, 동그라미 모양을 허공에 따라 그리기 시작했다. 보배는 한참 라라와 함께 그림을 그리다가 한결 나아진 기분으로 빵 속에 들어갔다. 얼마 지나 라라와 마녀와 재롱은 보배에게 생긴 문제를 놓고 의논하기 시작했다.

"나도 특별 임무는 처음이라 뭐부터 해야 할지 잘 모르겠군. 더구나 어린아이가 반려인이라 하니 여기까지 오기도 힘들 거 같고."

재롱이 앞발을 모으고 식빵처럼 웅크렸다. 그러자 마녀가 보배에게 들리지 않게 슬쩍 덧붙였다.

"좀 급하게 움직여야 할 것 같아. 나야 뭐 빵의 본모습을 제대로 볼 수 없지만 확실히 쟤는 너무 빠르게 기운이 쇠해지고 있어. 특히 밝기 말이야. 하루 사이에 저렇게 흐려지기 쉽지 않은데. 이대로 계속 됐다가는 정말 무슨 일이 생기고 말 거야."

"진짜 어렵네요. 상상했던 것보다 더."

라라가 한숨을 푹 쉬자 모두들 동의한다는 듯 가만히 고개를 끄덕였다.

"하지만 뭐든 다 방법은 있죠."

무슨 생각인지 라라가 씨익 웃으며 마녀와 재롱을 쳐다봤다. 재롱이 자리에서 몸을 똑바로 일으켰다. 마녀도 어떤 말이 나올지 궁금해 죽겠다는 눈빛으로 라라를 재촉했다.

"우리 다 같이 장사 한번 해보는 거 어때요?"

딸기슈크림붕어빵 팔아요

핑크색 현수막이 트럭 위 가림막에 걸리자 학원가 아이들의 시선이 한데 모였다.

"저게 뭐야?"

"딸기슈크림붕어빵이라는데? 맛있어 보이지 않아?"

"가볼래?"

라라와 마녀는 서서히 다가오는 아이들을 보며 재빨리 붕어빵 불판을 뒤집었다. 달궈진 불판 위에서 반죽이 내는 고소하고 달콤한 향이 아이들의 코를 찔렀다.

"붕어빵 하나만 주세요!"

"여기 있어."

"얼마예요?"

"오늘은 일단 첫 장사라 선착순 공짜야."

"공짜요?"

"그래. 그러니까 친구들한테 소문 좀 많이 내줘. 특히 빨간색 가방을 멘 아이에게는 하나 더 준다고 전해줘."

"왜 빨간색 가방 멘 친구한텐 하나를 더 줘요?"

라라는 마녀와 잠깐 눈을 맞췄다.

"내가 빨간색을 좋아하니까? 그래서 이 붕어빵 속도 딸기슈크림이고."

"에이, 나도 빨간색 신발주머니 있는데 오늘 들고 올걸."

"그러게. 아깝다."

아이들은 입맛을 다시며 돌아섰다. 얼마 되지 않아 트럭 앞은 인산인해로 북적였다.

"저도 주세요!"

"저도요!"

"얘들아, 줄을 서, 줄을!"

아이들과 라라의 목소리가 한데 뒤섞여 소란스러웠다. 더러는 어른들도 와서 붕어빵을 사겠다고 했지만 마녀가 환술을 걸어 전부 돌려보냈다. 어른들까지 끼면 골치 아파진다는 이유였다. 그사이 아이들은 몇 번이고 물밀 듯이 몰려들었다가 수업이 시작되면 먼지만 남기고 사라졌다. 마녀는 한가해진 사이 터진 꼬리로 새어 나오는 슈크림을 다시 넣으며 보배와 씨름하고 있었다. 원래는 바삭한 겉피에 조금 얼린 시원하고 달달한 크림이 물씬 흘러나와야 했지만 뜨거운 여름낮의 높은 기온이 보배를 점점 더 눅눅하게 만들었다. 마녀가 뙤약볕 아래에 서서 정서를 찾고 있는 라라를 불렀다.

"얘 상태도 안 좋은데…… 오늘은 그냥 철수할까?"

"아무래도 그러는 게 좋겠어요."

마녀는 쓰고 있던 마스크를 벗어 던지며 트럭 운전석으로 자리를 옮겼다. 라라도 그를 따라 조수석으로 몸을 움직였다. 그때였다. 라라가 조수석 문을 닫으려던 순간, 그의 시선 안으로 무언가 걸려들었다. 사이드 미러 속으로 보이는 빛을

3장 딸기슈크림붕어빵

받아 반딱거리는 선명한 빨강. 라라의 몸이 곧장 움직였다.

"사장님, 저기에 빨간 가방이 있어요!"

트럭에서 뛰쳐나온 라라는 목이 터져라 외쳤다.

"얘! 잠깐만!"

고개를 숙여 걷고 있던 아이는 누군가의 외침에 천천히 몸을 돌렸다. 그리고 자신의 얼굴 위로 조금 기울어진 그림자를 보며 어리둥절한 표정을 지었다. 라라가 헉헉대며 무릎을 짚고 일어났다.

"안녕?"

"누구세요?"

"아, 나는 붕어빵 장수야."

라라가 손가락으로 뒤를 가리키자 정서는 라라의 뒤로 시선을 옮겨 트럭을 찬찬히 살폈다.

"혹시 오늘 공짜로 붕어빵 나눠준다는 소문 못 들었어?"

"네…… . 전 친구가 없어서 그런 소문은 못 들었어요."

"아아, 그래? 빵 하나 먹어볼래?"

"지금요?"

"응. 마침 딱 하나 남았거든. 네가 꼭 먹어주면 좋겠어."

정서가 댕그랗게 눈을 굴리더니 고개를 꾹꾹 눌러 끄덕였다. 됐다! 라라는 기쁨을 감추지 않고 싱그럽게 웃었다. 그리고 아이와 함께 트럭으로 향했다. 지켜보고 있던 마녀는 붕어빵을 얼른 유산지에 싸서 정서에게 내밀었다. 슈크림이 새지 않게 꼬리가 위로 올라간 상태였다. 정서는 마침 허기가 졌는지 터진 부분을 크게 신경 쓰지 않고 꼬리 부분을 덥석 베어 먹었다. 그러자 상큼한 딸기 향과 부드러운 슈크림 향이 코끝까지 밀려들었다. 바스락 부서지는 겉피의 감촉이 치아와 혀 사이에서 기분 좋게 닿았다. 그 순간 보배의 영혼이 붕어빵 속에서 빠져나오기 시작했다. 정서의 숨결을 따라 흘러 들어가 얼마간 머물더니 머리 위로 빠져나와 헤엄쳐 다니기 시작했다.

"와! 진짜 맛있다!"

정서는 조금 게걸스럽다 싶을 정도로 빵을 다 먹어치우고 황홀한 표정을 지었다.

***

"그게 대체 무슨 소리야? 임무에 실패한 거 같다니?"

다다음 날 오후, 황천길을 갔다가 그냥 돌아온 재롱의 한마디에 라라가 하던 일을 멈추고 바로 달려들었다.

"아무리 기다려봐도 보배가 나타나질 않아."

"그날 너도 봤잖아. 보배가 정서 머리 위로 올라가는 거. 분명히 그날 밤 꿈을 꿨을 거야."

"그래서 더 모르겠다는 거야. 보배가 왜 황천으로 오지 않는 건지."

재롱은 정말 알 수 없다는 얼굴을 했다. 라라도 팔짱을 끼고 턱을 괴었다.

"어디에서부터 구멍이 생긴 건지 생각을 해봐야겠어."

재롱이 심각하게 말했다.

"하나하나 따져보자. 우선 빵집으로 오는 둥둥이들은 손님들이 3일 내로 찾아와서 데려가야만 해. 이게 여태껏 봤던 일반적인 경우야. 그런데 그 기한이 지나면 우린 반드시 반려인을 찾아 빵을 전달해야 하지"

"그래. 그때부터는 둥둥이들이 눈에 띄게 불안해하기 시작하니까."

"거기다가 기운도 빠르게 쇠약해져서 꿈으로 가는 것도 쉽지 않지."

빵을 진열하고 있던 마녀가 거들었다. 라라는 그와 눈을 한 번 맞추고 이어서 말했다.

"우리는 보배가 온 첫날, 그때부터 변수가 생겼어."

"그래. 첫날부터 영혼의 일부가 사라지기 시작했으니까."

다시 생각해봐도 골치가 아픈지 재롱이 꼬리 끝을 툭툭 쳐댔다. 그사이 라라는 마녀의 곁으로 다가가서 둥둥이들이 소곤거리는 소리를 듣기 시작했다. 얼마나 눈치가 빠른지 모두들 보배를 두고 한마디씩 보태는 중이었다.

"우리 중에 꼬리나 다리나 귀가 사라진 애들은 없었어."

"맞아. 걔 꼬리가 사라졌고 나중엔 절반만 겨우 남아서 달랑거렸지."

"이건 비밀인데 걔, 우리랑 처음 만났을 때 주인이랑 작별 인사도 못 한 상태였대! 근데 아직도 못 해서 황천도 못 간 게 아닐까?"

"세상에 가엾어라! 그런 경우는 처음 들어봐!"

"근데…… 걔 이제 어떻게 되는 거야?"

"전에 저 까만 리본 고양이한테서 들었잖아! 몸이 그대로 썩으면 영혼도 같이 사라져버린다고!"

"안 돼! 끔찍해. 제발 내 앞에서 그런 무서운 얘기 좀 하지 마."

시바견 둥둥이가 보통의 크루아상보다 세 배 이상은 돼보이는 빵으로 들어가 숨었다. 라라는 그 사이를 걸어 다니며 정서가 빵을 먹었다는 둥, 보배가 정서를 따라갔다는 둥 같은 말을 반복하며 중얼거렸다. 이를 지켜보던 마녀가 한마디 툭 던졌다.

"만일 전제 중에 무언가를 놓쳤다면?"

"네? 전제요?"

"그래. 소원의 전제. 그 둥둥이가 빌었던 소원 속에서 우리가 놓쳐버린 거 말이야."

"우리가 뭘 놓쳤을 리가 없…… 어? 잠깐."

내가 왜 그 부분을 빠뜨렸지? 라라는 갑자기 헛웃음이

나왔다. 그리고 엉켰던 매듭이 풀렸다는 생각에 극도의 흥분감이 올라왔다. 심장이 모든 피를 빨아들여 온몸이 서늘해졌다. 짜릿해진 손끝을 몇 번 쥐었다 놓은 라라는 테이블에 앉아서 상황을 다시 정리하기 시작했다.

"알았어요! 우리가 놓친 건 바로 다른 가족들이에요! 애초에 보배는 소원을 빌면서 가족들과 함께하고 싶다고 말했어요. 우리가 빵을 전달한 대상은 그중 가장 나이가 어린 정서 한 명뿐이었고요. 여기서부터 문제가 생긴 거예요."

"그래, 맞아."

"게다가 정서가 아직까지도 가족들에게 보배의 죽음을 말하지 못했다면? 그래서 가족들 모두가 보배가 죽었다는 사실을 모른다면?"

"그럴 수 있겠어. 어린아이 입장에서 보면 소중한 이의 죽음이라는 것도, 누군가의 마지막 소원을 이뤄준다는 것도 혼자서는 어려웠을 텐데 말이야. 우리가 그걸 놓쳤군."

재롱이 수염을 빳빳하게 들어 올리며 말했다. 마녀는 수려한 눈썹 끝을 올리며 제법이란 표정을 지었다.

"이제 뭐가 문제인지 알았으니……"

마녀가 빈 쟁반을 들고 가까이 다가왔다. 라라가 마녀의 말에 붙여 대답하며 웃었다.

"제대로 다시 해봐야죠."

마녀빵집이라고 적힌 명함을 건네며 빵을 먹고 나면 아주 멋진 꿈을 꾸게 될 거라던 라라의 말을 그러려니 하고 넘겼던 정서는 보배와 만나 연꽃 사이를 신나게 유영하는 꿈을 꾸고 난 후로 명함에 적힌 번호로 연락하지 않고는 배길 수 없었다.

"여기서는 네가 무슨 이야기를 해도 다 믿어줄 거야. 나도 너에게 해주고 싶은 말이 아주 많거든. 그리고 말 편하게 해. 나 아직 열다섯 살밖에 안 됐어."

라라는 정서를 사근사근하게 대했다. 라라의 말을 가만히 듣고 있던 정서는 이내 후우, 하고 작은 어깨를 툭 내려놓았다.

"그럼 언니라고 불러도 돼? 우리 언니랑 동갑이라서."

"응, 그럼."

"내가 하는 말들은 전부 다 사실이야. 믿어줄 수 있지? 언니가 먼저 나한테 꿈을 꿀 거라고 말해줘서 나도 내 얘기를 있는 그대로 다 말하는 거야."

"당연하지. 네가 꾼 꿈이 특별하다는 사실은 이미 나도 알고 있어. 연꽃잎이 참 예뻤지?"

정서가 놀랍다는 눈을 하고 고개를 끄덕였다. 그러고는 꽤 좋은 시간을 보냈는지 입꼬리를 살짝 올렸다. 하지만 몇 초도 되지 않아 양쪽 입꼬리가 다시 뚝 떨어졌다.

"보배는…… 나 없는 사이에 죽었어. 하필 내가 학원에서 제일 늦게 오는 날에 혼자서. 아직까지도 보배가 왜 죽었는지는 정확히 몰라. 베타는 예민하니까 갑자기 그럴 수도 있다고 생각해. 우리 보배가 나 없이 혼자서 얼마나 무서웠을까? 그 생각만 하면 난 가슴이 너무 아파."

정서가 울먹이기 시작했다. 그는 친구를 잃었다는 상실보다, 가족을 잃었다는 상실보다, 보배가 홀로 얼마나 아프게 죽어갔을지를 먼저 생각하고 있었다.

"오늘은 결국 보배가 든 비닐이 터져버렸어. 그것도 학원에서 수업을 받던 중에."

그의 어깨가 크게 들썩였다. 그러면서 오늘 벌어진 다소 비극적인 사건을 이야기하기 시작했다. 그동안 정서는 죽은 보배를 투명한 지퍼락 봉지에 여러 번 싸서 어디든 데리고 다녔고, 틈만 나면 그를 꺼내어 상태를 확인했다고 말했다.

"근데 이 더운 여름을 죽은 보배가 견뎌내긴 어려웠을 거야. 그치?"

"응. 점점 썩어갔어. 나도 모르게 징그럽다고 느낄 만큼. 지금도 봐. 엄청 고약한 냄새가 나지?"

라라는 괜찮다며 짧게 미소 지었다. 사실 아까 마녀의 도술로 후각을 마비시킨 상태였다.

"나도 이렇게 될 줄은 정말 몰랐어. 그런데 언니, 학원 선생님이 엄마 아빠한테 전화한다고 했어. 결국 또 말썽을 피웠다고 혼이 나고 말 거야. 그리고…… 혹시라도 언니처럼 내 말을 다 믿어주지도 않고, 보배를 죽인 게 나라고 의심이라도 하면 어쩌지? 난 어떻게 해야 할지도 모르겠고 보배를 이대로 보내면 안 될 거 같기도 해서. 그래서, 그래서 그랬던 건데…….”

“괜찮아, 정서야. 진정해. 네가 보배를 가장 아꼈다는 사실을 다른 가족들도 다 알고 있을 거야. 그런 걱정은 하지 마. 우린 널 꼭 도울 거고. 어떻게 도와줄 건지는 다 계획해뒀으니까 넌 그대로 따라오기만 하면 돼.”

라라는 마녀와 재롱을 돌아보며 영리한 눈빛으로 정서를 쓰다듬었다. 그 순간 벌컥 문이 열리는 소리가 났다. 빵집에 있던 모두가 고개를 돌렸다.

“정서야!”

한 남자가 나타나자 정서가 달려가 그의 허리를 부여잡았다. 벌게진 얼굴, 뿌옇게 김이 서린 안경, 달라붙은 머리칼과 헐떡거리는 숨결이 남자가 얼마나 이곳으로 급하게 달려왔는지를 보여줬다.

“아빠아!”

“너 괜찮니? 아이, 눈덩이 부은 것 좀 봐.”

남자는 퉁퉁 부은 정서의 눈덩이를 살살 문질렀다. 정서는 훌쩍이며 남자의 품에 다시 파고들었다. 남자는 이제야 주변이 들어오는지 눈을 깜박이며 마녀와 라라를 번갈아 쳐다봤다.

"안녕하세요? 아까 문자 드렸었는데요, 이쪽으로 오셔서 좀 앉으시겠어요?"

라라는 과히 상냥한 투로 안내했다. 그때, 가게 문이 다시 열렸다. 이번에는 정서의 엄마와 언니가 경계심 가득한 얼굴을 하고서 안으로 들어섰다. 그러다 아빠 품에 안겨 있는 정서를 보고서 다급히 달려들었다.

"정서야, 너 괜찮아? 아휴, 얘 얼굴 엉망인 것 좀 봐."

"바보야, 왜 말을 안 하고 혼자 속을 끓였어. 그것도 며칠 동안."

"너 학원에서 그러고 갑자기 사라져서 다들 얼마나 놀란 줄 알아?"

가족들 모두 눈물이 고여 그렁그렁해진 눈으로 서로를 바라보았다. 그 틈에 마녀가 다가가 테이블로 가족들을 인도했다. 그 순간 하얀 의식복을 입은 라라와 예슬의 눈이 마주쳤다. 라라는 놀란 그에게 고개를 끄덕여 인사했다. 테이블 앞에 둘러앉은 가족들은 그동안 있었던 일들을 정서에게 전해 들었다.

"세상에! 그런 생각을 하고 있었다니! 정서야, 아무리 그래도 네가 관리를 못 해서 보배가 죽었다고 생각하는 건 너무한 거야. 우리는 절대 그런 생각 안 해. 네가 얼마나 보배를 사랑하는지 우리 가족 중에 모르는 사람이 있겠니?"

"속상하다, 정말. 죽은 보배를 데리고 다니면서 얼마나 마음이 아팠을지 상상도 안 돼.”

　예슬이 결국 울음이 나는지 손등으로 눈물을 훔쳤다. 아빠는 그저 보배가 들어 있는 향나무 관을 만지작거리는 정서를 꽉 안아주었다. 사실 처음에는 보이스 피싱인 줄로만 알았다. 강아지 고양이도 아닌 반려 물고기의 장례식이라니. 하지만 정서가 걱정되어 달려온 이곳에는 제법 그럴듯한 장의사와 장례 절차가 준비되어 있었다.

　“이제…… 우리 보배, 물고기 별로 보내줘야 해요. 그동안 너무 오래 데리고 있었어요. 보배가 떠날 수 있게 저기 있는 분들이 도와주기로 했어요.”

　가족들의 시간을 방해하지 않으려고 잠시 빠져 있었던 라라와 마녀가 부엌 밖으로 나오자 정서가 웅얼거렸다. 라라와 마녀는 부드럽게 웃으며 찻잔과 붕어빵이 올려진 접시를 테이블에 내려놓기 시작했다. 상한 사체 안에 희미하게 붙어 있던 보배는 어느새 가족들이 먹을 빵을 차례대로 옮겨 다니며 마지막을 준비하고 있었다. 정서는 그 모습을 가만히 지켜보며 눈을 깜박였다. 마음의 준비를 하는 모양이었다.

　“일단 앞에 놓인 과자와 차를 좀 드세요. 앞으로 해야 할 일이 아주 많으니까요.”

　정서를 제외한 다른 가족들은 그 말을 듣는 순간 이상하게도 하나같이 아주 심한 허기를 느끼기 시작했다. 그들은 터진 붕어빵이 못났다고 생각할 틈도 없이 빠르게 손을 움직

　　　　　　　　　　3장 딸기슈크림붕어빵

였다.

"이, 이상하네. 이럴 분위기가 아닌데 왜 이렇게 배가 고프지."

"우리가 너무 울어서 그런가? 더는 못 참겠어요."

예슬은 이미 빵을 들어 입안에 욱여넣고 있었다. 가족 모두 손에 묻은 딸기슈크림까지 쪽쪽 빨며 허겁지겁 빵을 먹어치웠다. 그러는 사이 보배는 그들의 콧속으로 빠르게 들어갔다 나오길 반복했다. 그는 이제 겨우 양쪽 날개 지느러미와 두 눈만 남은 상태였다.

"라라야, 이제 병풍을 걷자."

구색을 갖춘답시고 수묵 비단 병풍에 향과 초, 헌화와 정수까지 갖다 놓은 라라와 마녀는 다소 멍해진 채로 자신들을 바라보고 있는 정서네를 뒤로하고 병풍을 거둬들였다. 그러자 그 자리에 커다란 화첩이 드러났다. 마녀는 곧바로 하얀 옷소매를 걷어 붓을 꺼내 들었다. 그런 다음 먹물을 먹이지도 않은 붓을 들어 화첩에 그림을 그리기 시작했다. 정서는 향나무 관을 옆구리에 끼고, 허공에 떠서 두 눈을 깜빡이고 있는 보배를 양손으로 조심스럽게 끌어 담았다. 그리고 어느새 수묵화로 가득 채워진 화첩 앞으로 다가갔다. 보배가 정서의 손바닥 위에서 빙그르르 한 바퀴 돌았다. 정서가 그를 향해 미소 짓자 보배는 조금 더 몸을 높이 띄웠다. 정서는 그의 다음 행동이 무엇일지 아는 것처럼 팔을 앞으로 뻗었다.

그러자 화첩 속 물결이 출렁거렸다. 정서는 크게 숨을 내쉬었다. 그리고 잔뜩 기대에 찬 얼굴로 보배를 놓아주었다. 보배가 빠르게 화첩 속으로 들어갔다. 그러자 화첩이 푸른 먹물이 화선지에 스미듯 어두운 감색으로 물들어갔다.

"이제 너도 들어가면 돼, 정서야."

정서가 라라를 보며 고개를 끄덕였다. 어느새 보배는 온전한 모습을 한 채 가족들을 부르고 있었다.

"작별 인사지만 즐거웠으면 좋겠어, 정서야."

"언니, 사장님, 고양아. 진짜 고마워. 이 은혜 절대로 잊지 않을게."

"잘 다녀와."

라라는 그가 자신을 전혀 기억하지 못할 거란 사실을 이미 알고 있었다. 하지만 아이의 진심 어린 감사에 가슴이 울렁거리는 건 어쩔 수 없었다. 정서는 앞을 향해 천천히 걸었다. 그리고 귀밑이 가려운지 조금 긁기 시작했다. 아마도 아가미가 생기기 시작하는 모양이었다. 다른 가족들도 그와 마찬가지였다. 얼마 후 연분홍, 진분홍 수련이 가득 핀 자리 아래 못에서 보배와 가족들이 붉은 물고기 베타가 되어 헤엄치기 시작했다. 라라는 그 고요하고 생동감 넘치는 순간에 피아노 연주곡을 틀었다. 짐노페디 3번 느리고 장엄하게. 반복되는 음율을 따라 보배가 수련 위로 올라갔다. 연못은 보배와 가족들의 즐거운 웃음소리까지 완벽하게 머금고 찰랑거

3장 딸기슈크림붕어빵

리기 시작했다. 그걸 보고 있는 것만으로도 황홀했다. 라라
는 자신도 저들처럼 마음껏 수련 사이를 노니며 유영한다면
어떨까 상상했다.

"보기 좋네. 근데 너 어떻게 장례 지도사처럼 보이자는
제안을 했어?"

마녀가 다가와 물었다.

"아, 며칠 전에 봤던 알고리즘 추천이 갑자기 떠올라서
요. 제가 요즘 죽음이라는 단어를 너무 많이 검색했는지 장
례 지도 업체 광고가 뜨더라고요. 거길 들어가보니까 장례를
치르는 이유는 죽은 사람을 추모하려는 것도 있지만, 남겨진
사람들이 마음껏 슬퍼하도록 두는 것도 있다는 글이 있었어
요. 잘됐죠. 저도 보배를 정식으로 추모하고 싶었어요. 보배
의 소원대로 유쾌하고 즐겁게."

라라는 다시 화첩 속으로 시선을 돌렸다. 그리고 피아노
연주에 맞춰 차분하게 숨을 쉬었다. 반투명한 꼬리를 물결에
맞춰 늘어뜨린 물고기 세 마리는 아가미를 벌렁거리지 않는
보배를 보며 물위에 고개를 내밀고 도란거렸다. 그들은 보
배와 함께했던 즐거운 순간을 얘기하며 그의 마지막 모습까
지 놓치지 않으려고 애썼다. 어떻게 보면 그런 행위 자체가
그들에겐 죽음이자 축제였다. 조금 더 지나자 보배의 몸에서
빛이 흐르기 시작했다. 반짝이는 그의 비늘만큼이나 아름답
고 영롱하게.

4장

신성한 느티나무 정류소와 정령들

평화로운 오후, 한동안 둥둥이들을 데리고 기억에서 빠져나오는 연습을 하던 라라가 재롱이 하는 일을 물끄러미 구경하기 시작했다. 재롱은 오늘도 어김없이 둥둥이들의 수를 세고 빈 접시와 쟁반을 확인한 후, 새로 들어오는 둥둥이들을 어떤 자리에 놓아 두어야 할지 고민하고 있었다.

"넌 어디서 둥둥이들을 데리고 오는 거야?"

라라가 묻자 재롱은 하던 일을 멈추고 그에게 눈을 맞췄다. 그러고는 진열대를 뛰어 내려와 라라 옆으로 다가왔다.

"이제야 그게 궁금한 모양이로군."

"응?"

"느티나무 정류소에서 진작에 널 초대하려고 했지만 그동안 네가 빵집 일에 좀 더 적응하길 바랐지. 이제는 때가 된 거 같군. 오늘 같이 가보는 게 좋겠어."

"느티나무, 뭐?"

"궁금한 건 차차 풀어나가도록 하자고. 자, 어서 나를 따라와."

"어, 어? 저기 같이 가!"

라라는 급하게 일어나 재롱을 쫓았다. 마녀빵집으로 들어서는 길목에는 족히 몇백 년은 되어 보이는 우람한 느티나무 한 그루가 서 있었다. 라라는 그 나무를 매일 지나치면서도 둥둥이들과 어떤 관련이 있을 거라고는 전혀 상상해본 적이 없었다.

"이 느티나무는 일종의 다른 차원으로 통하는 입구야. 진짜 정류소를 보려면 여길 통해야 하지. 느티나무 정류소는 총 다섯 곳. 모두 둥둥이들이 가진 각각의 다른 감정 기억을 처리하고 있어. 그중 다섯 번째 정류소는 나머지 네 그루의 정류소 업무를 총괄하는 중앙 관리처지. 정류소로 가는 방법은 간단해. 나를 따라 이 느티나무 주위를 둥글게 돌기만 하면 되거든."

"그렇게 간단해?"

"대신 수를 잘 세어야 하지. 첫 번째 나무는 여섯 바퀴, 두 번째 나무는 일곱 바퀴."

"다섯 번째 나무는 열 바퀴?"

"그래, 맞아."

재롱은 흐뭇한 눈빛으로 라라를 바라보더니 걸음을 옮겨 느티나무 주변을 돌기 시작했다. 라라는 그를 놓치지 않기 위해 곧바로 따라붙었다. 하나, 둘, 셋. 재롱이 붙이는 구령을 따라 낙엽 진 나무를 천천히 돌 때였다. 점차 시야가 일그러지더니 이내 새하얗게 변하며 라라는 어딘가로 빨려 들어갔다.

"열 바퀴. 끝."

재롱의 마지막 구령이 끝나자마자 눈 깜짝할 사이에 나타난 신비한 광경에 라라의 입이 떡 벌어졌다. 그의 앞에 울창하게 잎을 드리운 느티나무가 새하얗게 빛나고 있었다. 라라는 자기 키만 한 느티나무 사이사이에 달린 작은 열매들을 발견했다. 유리구슬 모양의 둥그런 열매는 뾰족한 잎사귀 틈에 줄줄이 붙어 독특한 빛을 내며 반짝였다.

"너무 예뻐!"

라라의 손이 저절로 뻗쳐 나무 가까이에 다가가려고 했다. 그때였다.

"잠깐! 멈춰요! 움직이면 안 돼요! 당신은 지금 너무 크다고요!"

작지만 다급한 목소리였다. 라라는 소리가 난 쪽을 향해 얼른 고개를 숙였다. 그리고 이내 자신이 어떤 상태인지 알게 되었다. 거대한 라라의 발밑으로 펼쳐진 광경은 마치 개미들의 세상 같았다. 옅은 초록빛을 내는 새하얀 존재들이 고개를 쳐들고 놀랍다는 듯이 라라를 쳐다보고 있었다. 라라는 둥둥이들을 처음 보던 날을 떠올리며 다소 젤리같이 몰랑

해 보이는 새로운 존재들을 향해 손을 흔들었다.

"당신은 족히 6척은 되어 보입니다! 6이라고 적힌 단약을 어서 집어 먹도록 해요!"

누군가가 또 한 번 라라에게 소리쳤다. 그 순간, 어디선가 동그란 초콜릿 시리얼이 쏟아지는 소리가 들리더니 느티나무 줄기 사이에서 군데군데 문이 열리기 시작했다. 구불구불한 레일이 라라를 피해 뻗어 내려와 바닥까지 닿았다. 바로 그 앞으로 젤리들이 몰려들기 시작했다. 라라는 그들이 하는 걸 가만히 지켜보다가 무언가 떨어지는 소리에 고개를 들었다. 곧이어 숫자가 적힌 동그란 단약들이 마구 굴러떨어져 나오기 시작했다.

숫자 6을 찾는 일은 어렵지 않았다. 하지만 두꺼운 손가락으로 빠르게 굴러떨어지는 작은 단약을 잡기란 여간 어려운 일이 아니었다. 라라는 손톱 끝을 부지런히 움직여서 보리쌀만 한 단약을 잡아냈다. 그리고 6이라 적힌 그것을 얼른 입에 집어넣었다.

"이제야 제대로 얘기할 수 있겠어요!"

아까보다 훨씬 커진 목소리에 라라는 놀라서 눈을 동그랗게 떴다.

"전 다섯 번째 정류소를 지키며 둥둥이들의 감정 기억을 정화시키는 정령인 소로라고 해요. 모든 나무 정령들의 수장이죠."

4장 신성한 느티나무 정류소와 정령들

"어, 소로. 반가워요. 난……."

"설명하지 않아도 돼요. 바람의 기억이 이미 당신에 대해서 많은 걸 알려주었답니다."

그러면서 소로는 라라에게 손을 내밀었다. 라라는 역시 이쪽 세계는 신상 보호 따위는 없구나 생각하며 쾌활하게 웃고 있는 그의 손을 맞잡았다. 소로가 손을 흔들자 나무가 내는 상쾌한 기운이 라라의 몸을 통과해 지나갔다.

"아주 싱그러운 기운을 가지셨네요. 좋아요. 일단 인사를 끝냈으니 이제 탐방을 시작해볼까요?"

라라는 고개를 끄덕였다. 언제 다가온 것인지 재롱이 곁에 붙어 있었다. 라라는 그에게 눈짓하며 어디에 있었냐고 물었다. 그랬더니 그는 단약을 들고 다니는 정령 중 빈손인 이를 향해 고갯짓했다. 그러자 정령은 엄지손가락을 들어 보이더니 곧 레일 앞으로 다가가 단약 하나를 베어 물었다.

"정령들도 단약을 먹네요?"

"네, 우리도 원래는 이렇게까지 작지 않아요. 제각각 몸집도 다르죠. 하지만 느티나무 정류소에 발령받은 후로는 모두 같이 작은 몸을 유지해야 해요. 어쩔 수 없는 일이죠. 느티나무 한 그루에 이 많은 정령들을 다 담기 어려우니까요."

라라는 소로의 말을 들으며 그의 뒤에서 일하고 있는 정령들을 지켜봤다. 그들은 레일에서 나온 단약을 순서대로 분류해서 분배하고 있었다.

"저렇게 남은 단약들은 다 어디에 쓰죠? 정령들이 먹고 나서도 상당한 양이 남겠는데……."

라라가 산더미처럼 쌓인 단약 무더기를 가리켰다.

"저건 곧 도착할 둥둥이들에게 쓰여요. 그들도 이 단약을 먹어야 구슬 열매에 들어갈 수 있으니까요."

바로 그때 레일에 계단이 생기기 시작했다. 그러자 다른 무리의 정령이 나타나서 아주 빠른 속도로 계단을 올랐다. 단 몇 초 만에 가장 선두에 섰던 정령이 느티나무에 난 구멍 속으로 들어갔다. 그리고 역시나 빠른 속도로 나뭇가지를 탔다. 그는 구슬 열매라고 불리는 동그란 알을 따서 바닥으로 떨어뜨리기 시작했다. 아래에서는 또 다른 정령들이 곤충 채집기 같은 기구를 들고 열심히 열매를 받아내고 있었다.

"저렇게 빈 구슬 열매를 모아서 둥둥이들을 집어넣어요. 그 안에서는 마치 인간들이 드라마를 보는 것처럼 일생을 돌아보게 돼죠. 그러면 가지고 있던 감정 기억들이 많이 안정돼요."

"감정 기억이라고요?"

"네. 기쁨, 분노, 슬픔, 두려움 같은 각각의 감정에 붙은 기억들이요. 여기 다섯 번째 정류소로 오기 전, 다른 느티나무 정류소들에서는 아까 말한 그런 감정들을 처리하고 안정시켜요. 그런 다음 여기로 와서 감정에 붙어 있던 기억을 안전하게 다스리죠. 그래야 생에 대한 단념을 시작할 수 있고요. 전부 매우 중요한 과정들이죠."

"그런 과정을 다 거치고도 여한이 남은 둥둥이들이 우리 빵집으로 오는 거네요. 그렇죠?"

"네, 맞아요!"

곧이어 왁자지껄한 소리를 내며 둥둥이들이 모습을 드러냈다. 그 순간 희뿌연 막이 등장해 그들 앞을 가로막았다.

"저건 뭐예요?"

"아, 일생 졸업 앨범이라고 저길 통과하면 죽음을 인증받아요."

앞에 친 바리케이드를 걷자 둥둥이들이 거의 동시에 날아와 희뿌연 막을 통과했다. 그러자 앨범이라 불리는 막에 그들의 생전 모습이 담긴 증명사진이 새겨졌다가 사라졌다. 그 속도가 매우 빨라서 보고 있으면 조금 울렁거릴 지경이었다.

"근데, 저 검게 나타나는 지점은 뭐죠?"

"요즘 저희의 최대 고민거리예요. 아직까지 왜 저런 공백이 생기는 건지 원인을 알아내지 못했어요. 다만 가설을 하나 세워보자면 죽음이 코앞이지만 연명 치료를 하는 둥둥이들이 있고, 그러다가 삶을 더 연장해 살게 된 경우가 있지 않을까 하고 있어요. 숨이 붙어 있는 그들을 억지로 데려올 수는 없으니까요."

라라는 짧게 고개를 끄덕였다. 앨범을 통과한 둥둥이들

은 정령들이 던지는 단약을 받아먹고 구슬 열매에 들어갈 만큼 아주 작아졌다. 정령들은 둥둥이 한 마리당 한 명씩 붙어서 구슬 열매를 반으로 갈라 그들을 안으로 집어넣었다. 그러고 나서는 일정 수량을 세어 열매를 한데 엮고 다시 계단을 오르기 시작했다. 줄줄이 달린 열매는 곧 크리스마스트리에 달리는 전구처럼 나뭇가지 사이사이에 자리 잡혔다. 그러자 구슬 열매 한쪽 면에서 빛이 나기 시작했다. 각각의 열매에 들어 있던 둥둥이들은 곧이어 펼쳐질 자신의 과거 생을 관람하기 위해 맞춤 보금자리에 몸을 기댔다. 그사이 나무에 올랐던 정령들은 일사불란하게 내려와 다른 일을 하러 갔다.

소로는 라라에게 망원경과 헤드폰을 건네주며 구슬 속 둥둥이가 뭘 하고 있는지 살펴보라고 말했다. 줄기 꼭지에 호박이라는 이름표를 묶은 구슬 속에는 통통한 엉덩이가 매력적인 웰시코기가 들어 있었다. 그는 두 앞발을 들어 구슬 한쪽에 있는 기억 영상을 계속 긁어대고 있었다.

"내 사랑 할머니!"

영혼이 된 호박이가 새하얗게 머리가 센 할머니를 보며 소리쳤다.

"지금…… 혹시 보호자가 의식 불명 상태인 건가요?"

산소 호흡기를 끼고 병상에 누워 있는 할머니를 보며 라라가 물었다. 소로가 고개를 짧게 끄덕였다. 라라는 다시 망원경을 들어 호박이가 시청하고 있는 화면을 같이 보기 시작

4장 신성한 느티나무 정류소와 정령들

했다. 곧이어 할머니 머리카락만큼 새하얀 머리칼을 가진 할아버지가 병실 안으로 들어왔다. 그러자 화면을 보고 있던 호박이의 영혼이 껑충 뛰며 왕왕 짖었다. 화면 속 할아버지는 할머니 곁으로 다가가 담요 한쪽을 걷었다.

"저건 나야!"

얌전히 엎드려 할머니 곁을 지키고 있던 생전의 자신이 나오자 호박이가 길고 풍성한 꼬리를 흔들었다. 그걸 보는 중에도 호박이의 눈에는 여러가지 감정이 흘렀다.

"호박아, 할머니가 지금 너무 많이 아파서 널 안아줄 수가 없구나. 서운하겠지만 이해해주겠니?"

화면 속 할아버지가 할머니 곁에 있는 호박이를 쓰다듬으며 눈썹 끝을 늘어뜨렸다. 그러자 화면 밖에 있던 호박이도 갈색 눈동자를 데굴데굴 굴리면서 코를 씰룩거렸다.

"할아버지, 괜찮아요. 오늘은 안 서운해요. 그냥 또 보고 싶었어요."

그러던 중 갑자기 시끄러운 기계음이 일정한 높이로 길게 울렸다. 할아버지는 어디에 쫓기는 사람처럼 병실 문을 열고 밖으로 뛰쳐나갔다. 영상 속 호박이는 빠르게 할머니의 죽음을 알아채고 우는 소리를 냈다. 화면 밖에 있는 진짜 호박이는 그 모습을 아주 담담하게 지켜보고 있었다. 그러던 어느 순간, 그의 몸 앞으로 어떤 형상 하나가 나타나기 시작했다. 라라는 망원경 너머로 보이는 놀라운 광경에 눈을 크게 키웠다. 사람의 영혼을 보는 것은 처음이었다.

"할머니 영혼이 보여요. 호박이를 보며 울고 계세요."

화면 속 호박이가 떨어지는 눈물을 보다가 할머니의 입가를 핥기 시작했다. 이제는 둥둥이가 된 호박이도 그와 같이 핥기 시작했다.

"이제는 아프지 말아요. 할머니, 나도 할머니처럼 이젠 완전히 죽어요. 보고 싶을 거예요."

호박이가 나직하게 말하며 화면에 발 하나를 올렸다. 그때 할머니가 미소를 지으며 양팔을 벌렸다. 그리고 어느 때보다 푸근하게 호박이를 감싸 안았다. 영혼이 된 호박이도 끌어안을 수 있을 만큼 따뜻함이 퍼져 나오는 장면이었다.

소로가 누군가를 향해 손짓했다. 그러자 정령 몇이 손을 잡고 느티나무로 올라가기 시작했다. 그들은 이번에도 아주 빠르게 느티나무 줄기를 타고 호박이가 있는 쪽으로 넘어갔다. 그러고는 호박이의 구슬 열매에 하나둘씩 달라붙기 시작했다. 끈적한 몸체가 구슬 열매에 밀착되어 호박이의 모습이 보이지 않을 때쯤 정령들의 몸이 반투명하게 변하면서 빛을 내기 시작했다. 라라는 반투명해진 그들의 몸체 사이로 호박이를 다시 관찰할 수 있었다. 호박이는 할머니 곁에 엎드려 있던 자세 그대로 바닥에 배를 붙여 편안하게 눈을 감고 있었다.

"이제 됐어. 할아버지도 봤고 할머니한테 마지막으로 한

번 더 안겼으니까. 눈을 감아도 좋아. 난 아주 행복했어."

라라는 호박이의 마지막 한마디를 들으며 망원경을 완전히 내렸다.

"저희가 하는 일은 여기까지예요. 둥둥이가 편안하게 눈감을 수 있도록 저희 정령들 모두가 최선을 다하고 있지만 함께 살던 가족과 만든 기억의 힘이 너무도 강력해서…… 가끔은 이걸 어떻게 안정화할 수 있을지 엄두가 안 날 때도 있어요. 그런데 그런 둥둥이들이 마녀빵집으로 가서 라라 님을 만나고 나면 마지막 소원까지 이루고 훌훌 떠난다는 거예요! 그 사실을 알고 나서 얼마나 든든하던지. 그래서 꼭 만나보고 싶었어요. 라라 님을요."

"저도 너무 즐거웠어요. 이렇게 많은 존재가 일을 같이 하고 있는 줄은 몰랐는데 새로운 경험을 했어요. 거기다가 정령님들이 가꾸는 느티나무는 또 보러 오고 싶을 만큼 너무 아름다워요."

소로가 돌아보며 라라에게 따뜻한 눈빛을 보냈다. 라라는 동질감을 느끼며 웃었다.

"이제 우린 가봐야겠군, 소로. 오늘 아주 고마웠어."

재롱은 자신의 뒤에 붙어 길게 줄을 늘어서기 시작하는 둥둥이들을 보며 말했다. 둥둥이들은 반대편에 있는 정령들의 안내를 따라 깨나 질서 정연한 모습으로 모여들었다. 그러고는 어쩐지 놀라운 모험을 기다리는 아이들처럼 잔뜩 들

뜬 기색으로 재잘거리기 시작했다. 덩달아 라라도 함께 기대 감을 모았다.

"잘 가요, 재롱. 그리고 라라 님, 오늘 정말 좋았어요."

"잘 지내요, 소로. 기회가 있다면 또 봐요. 다른 정령님 들도요!"

정령들은 라라의 인사에 하던 일을 멈추고 두 손을 들어 흔들기 시작했다. 재롱은 출발하기 직전까지 둥둥이들의 이름을 하나하나 외우며 그 수를 확인했다. 마지막까지 정령들에게 손을 흔든 라라는 재롱이 움직이기 시작하자 곧 따라 움직였다. 재롱이 둥근 원을 그리며 천천히 주변을 돌았다. 그러자 둥둥이들도 함께 따라 돌며 얕은 소용돌이를 만들어 냈다. 얼마 안 가 그들 모두 눈 깜짝할 사이에 빵집 앞 커다란 느티나무로 옮겨졌다.

"이제 들어가지."

재롱이 덤덤하게 앞장섰다. 얼떨떨하게 서 있던 라라는 전용 문 쪽으로 향하는 재롱과 둥둥이들을 보고 얼른 빵집 문을 열었다. 그는 먼저 들어온 재롱의 바로 뒤에 오는 둥둥 이부터 하나하나 꼭 끌어안으며 말했다.

"잘 왔어. 여기까지 오느라 너무 수고했어. 이제 마지막 소원만 더 이루면 너희들은 아주 편안하고 즐겁게 다음으로 떠날 수 있을 거야."

둥둥이들은 라라의 말에 답이라도 하듯이 두 눈을 꼭 감고 그의 품에 가만히 안겼다. 어느새 라라의 곁으로 다가온 마녀가 그들의 모습을 흐뭇하게 바라봤다. 새로 온 둥둥이들과 인사를 나눈 라라는 재롱을 도와 그들이 지낼 자리를 안내하고, 마녀에게 기념품이라며 7이라 적힌 단약 하나를 꺼내 주었다. 마녀는 아주 기뻐하며 여러가지 진귀한 단약을 모아둔 상자에 단약을 고이 넣어두었다. 빵집은 금세 다시 시끌벅적해졌다. 기존에 있던 둥둥이들과 새로운 둥둥이들이 서로를 탐색했고, 정문에 붙은 'OPEN' 표시를 보고 손님들이 방문하기 시작했다.

5장

커다란 고구마 케이크

진열대를 닦다 빵집 창으로 시선을 둔 라라는 마녀와 재롱을 만났던 초여름 빗줄기를 떠올리며 그보다 더 천천히, 그리고 아주 조용하게 내리는 눈을 가만히 지켜보았다. 그 너머로 보이는 커다란 느티나무는 어느새 색색의 낙엽 옷을 전부 벗어버리고 새하얀 눈꽃을 부드러운 털옷처럼 가지마다 올려두고 있었다.

"벌써 크리스마스가 코앞이네. 어때? 여행 준비는 잘하고 있어?"

"네! 그럼요."

"너 방학하는 대로 바로 떠나는 거야."

"저 너무 좋아요. 진짜 신나요! 이렇게 비행기 표 없이도 해외여행을 다닐 수 있다니!"

빵집을 운영하기 전에 세계 유랑을 다녔던 마녀는 얼마 전 라라에게 이번 겨울방학 동안 화첩에 그림을 그려 해외

여행을 다닐 것을 제안했다. 라라는 눈이 휘둥그레져서 당장
그러겠다고 대답했다.

"사장님, 그럼 각 나라마다 어디가 예쁘고 어디에 맛집
이 있는지도 다 아세요?"

"물론."

"으아아악, 너무 신나!"

라라가 뛸 듯이 기뻐하며 빵집을 돌아다니자 마녀는 웃
으며 그를 바라봤다.

"그래도 내가 부르면 지체 없이 바로 들어와야 해."

재롱이 옆에서 꼬리를 크게 휘적거리며 말했다. 조금 심
술이 난 얼굴이었다.

"그건 걱정 마. 내가 소리 하나는 기가 막히게 잘 듣잖
아? 그리고 허수아비들도 있으니 별일은 없을 거야."

재롱은 자신만 빼고 여행을 다니겠다는 둘이 마음에 들
지 않았지만 즐거워하는 라라를 보니 어쩔 수 없다는 생각이
었다.

"난 이제 가봐야겠군. 둥둥이들을 데리러 갈 때가 됐어."

그러나 재롱은 바로 나갈 수 없었다. 그 순간 정문을 세
게 두드리는 소리가 들렸기 때문이었다. 재롱은 그대로 멈춰
두 귀를 팔락거리다 다이아몬드 모양의 동공을 크게 키웠다.
라라가 재빠르게 문 앞으로 다가가 손잡이를 잡았다. 모두가
이상한 기운을 감지한 채였다.

5장 커다란 고구마케이크

"헤! 안녕, 난 모리라고 해!"

활짝 열린 문밖에는 황금색 털이 길고 풍성하게 늘어진 강아지가 서 있었다.

"아, 어…… 모리야, 반가워."

그는 어딜 봐도 둥둥이가 분명했다. 어떻게 여기까지 혼자 온 거지? 라라는 재롱을 돌아보며 의아하다는 표정을 지었다. 재롱은 콧수염을 빳빳하게 굳혔다. 얼떨떨하게 모리의 인사를 받은 라라는 우선 그를 데리고 빵집 안으로 들어섰다. 그러자 먼저 있던 둥둥이들이 술렁거리기 시작했다.

"누구야? 이번엔 좀 큰데?"

"우리가 쓰는 전용 문이 아닌 곳으로 들어온 이유가 너무 커서인가 봐."

"나 저런 개 알아. 저런 개는 되게 착해."

"뭘 보고 그걸 알아? 저 커다랗고 동그란 눈? 아니면 포근해 보이는 뱃살? 아니면 부드러운 털?"

"왜냐하면 난 저렇게 생긴 개와 같이 살다 왔거든! 성격이 그냥 아주 천사야! 특히 우리 오빠는 언제나 내 기분이 어떤지 살펴주고 내가 다가가서 아무 때나 기대도 얌전히 옆구리를 내어줬지. 심지어 고양이랑도 친구가 됐다고!"

"저기, 기니피그 씨. 그 말 말이야. 나 같은 고양이가 듣기에 좀 이상한데? 나처럼 까다로운 애랑은 친구가 되기 어렵다는 거야? 아니면 누구랑 친구가 되기에는 내가 좀 모자

라다는 거야?"

"오우, 미안! 개와 고양이는 상극이라 나도 모르게 나온 말이었어. 화 풀어!"

그러더니 기니피그 둥둥이는 잽싸게 캉파뉴 안으로 숨어버렸다. 그사이 재롱은 빠르지 않은 걸음으로 다가와 물었다.

"저런, 친구. 내가 데리러 가기도 전인데 이렇게 먼저 오게 된 이유가 있을까?"

재롱은 모리가 혼자 나타난 것이 마음에 들지 않는 눈치였다. 그는 아주 주도면밀한 성격의 고양이였다. 빵집을 운영할 때도 최대한 원칙이 무너지지 않길 원했고, 둥둥이들을 데려오거나 황천으로 보내는 일에서도 돌발적인 상황이 생기지 않도록 늘 철저하게 대비해두는 편이었다. 마녀는 그런 그를 보고 징그러운 자식이라며 혀를 내둘렀다. 그러면서 자신이 팔자에도 없는 빵집을 운영하게 된 것도 다 저 녀석의 치밀한 계략에 빠졌기 때문이라고 투덜거렸다.

"이런 식의 변수가 하나씩 생기기 시작하면 언제 어디에서 어떤 일이 또 복잡하게 꼬일지 몰라. 적어도 내가 맡아 책임지는 영역에선 그럴 가능성이 없어야만 해."

"어어, 그래. 재롱아, 네 말이 다 맞아."

라라가 다소 예민한 재롱을 보며 어쩔 줄 몰라 하자 마녀가 고개를 흔들며 팔짱을 꼈다. 선반 위에서 그의 모습을 지켜보고 있던 둥둥이들도 심상치 않은 분위기를 느끼고 비죽거리기 시작했다. 그사이 모리는 생글거리던 표정을 지우고 작은 목소리로 중얼거렸다.

"혹시…… 나 때문에 화가 난 거니? 그렇다면 미안해."

"아니야, 모리야. 지금 재롱이가 너한테 뭐라고 한 게 아니라 단지……."

라라가 손사래를 치며 의기소침해진 모리를 달랬다. 그러고는 조심스럽게 재롱이 있는 쪽을 힐끔거렸다. 그제야 재롱은 주위를 둘러보았다. 마녀를 제외한 모든 이들이 자신을 곁눈질하다가 눈이 마주치자마자 잽싸게 시선을 돌렸다.

"휴…… 나도 이쯤 해둬야겠군. 모리, 조금 늦었지만 마지막 소원을 빌러 여기까지 온 걸 환영해."

재롱은 콧수염을 씰룩거리며 자리에서 일어나 모리에게 인사를 건넸다. 모리도 몸을 일으키며 부드럽게 꼬리를 흔들었다. 그제야 라라와 마녀는 서로를 바라보며 슬쩍 미소 지었다.

모리는 멋진 3단 케이크로 변해 진열대에 올랐다. 그는 폭신한 고구마 시트 안에 고구마무스를 잔뜩 채워 넣은 연말 파티용 케이크가 됐다. 조금 곤란한 점이 있다면 그의 크기가 꽤 커서 중앙 진열대를 거의 독차지한다는 것이었다.

"그럼에도 불구하고 아주 멋진 대국이군."

재롱이 끊임없이 감탄했다. 그럴 만도 한 것이 모리의 큰

덩치에 맞춰 공간을 마련하다 보니 주변에는 작은 둥둥이들만 채울 수 있었는데, 그 모습이 마치 거대한 성곽을 둘러 마을이 들어선 것처럼 보였기 때문이었다. 작은 디저트인 샛노란 병아리 에그타르트, 홍차색의 햄스터를 본떠 구운 얼그레이파운드케이크류들은 모리가 있는 자리 사이사이 틈새로 들어가 자리를 잡았고, 식빵이나 요거트케이크같이 부피가 큰 빵들은 전부 창가 자리로 옮겨져서 옹기종기했다. 모리는 자신이 고구마케이크로 변한 것이 꽤 마음에 드는 모양인지 연신 꼬리를 흔들어댔다. 라라는 그 모습을 보고서 모두가 형체 없는 영혼들이라서 정말 다행이라고 생각했다. 그렇지 않았더라면 모리의 긴 꼬리가 다른 둥둥이들을 전부 바닥으로 쓸어버리고 말았을 테니까. 재롱은 빽빽한 진열대 위를 둘러본 후 버거운 업무에 시달릴 준비를 했다. 내일은 바로 동지. 양의 기운이 가장 약해지고 음의 기운이 가장 드세지는, 그야말로 영혼들의 날이었다. 그러니 곧 죽은 자들과 그를 찾는 손님들이 엄청나게 몰려들 것이 분명했다. 때마침 빵집 문에 달린 풍경이 크게 흔들렸다.

"어서 오세요!"

라라와 마녀가 함께 인사했다. 그 모습을 물끄러미 지켜보던 재롱은 전용 문 쪽으로 조용히 다가갔다.

'오늘 밤 열한 시 반부터 동지섣달이니 아주 정신없이 보내야 할 거야. 음기가 충만해지는 동지는 영혼이 가장 좋아하는 날이거든. 그러니 둘 다 건투를 빌어. 난 느티나무 정류소를 돌며 날 기다리고 있을 둥둥이들을 마저 데리고 올게.'

재롱은 순식간에 사라졌다. 그 뒤로 달캉거리는 문을 보며 라라는 이곳에 온 첫날 재롱의 목소리를 들었던 순간을 떠올렸다. 말없이 주고받는 소통은 아주 오랜만이었지만 그가 왜 이렇게 건투를 빈 것인지는 의문이었다. 그러나 곧 재롱이 왜 자신만이 알아들을 수 있는 방식을 써서 말하고 간 것인지 알 수 있었다. 얼마 지나지 않아 가게 안으로 손님들이 쉴 새 없이 들이닥쳤고, 둥둥이들의 기세는 왠지 전보다 더 드세졌다. 라라와 마녀는 그들의 요구를 일일이 들어주느라 진을 빼야 했다. 쉴 틈 없이 노잣돈을 세서 장부에 기록하던 마녀는 도대체 언제 끝나는 것이냐며 불평을 늘어놓기 시작했다. 그런 상황에서도 손님들은 계속해서 커다란 파도처럼 밀려 들어왔다. 나중에는 너무 소리치다가 목이 전부 쉬었고, 그 후로 몇 번의 북새통을 더 겪고 나자 라라와 마녀는 완전히 지쳐버렸다.

"사장님, 저 너무 힘들어요."

"그러니까. 이게 대체 다 무슨 일이니?"

마녀가 도저히 이해할 수 없다는 표정으로 답했다. 그러자 라라는 어색하게 웃었다. 이런 일이 생긴 이유에 대해서 이미 재롱에게 들어 정확하게 알고 있었지만 마녀에게 사실을 말해줄 수는 없었다. 그랬다간 마녀는 분명히 전용 문을 막아 못질을 하고 말 테니까.

"그래도 오늘 진짜 많이 보내준 거 같아요. 다들 반려인 이랑 행복한 시간을 보내고 있겠죠?"

피곤한 와중에도 뿌듯해하는 라라를 보자 마녀의 짜증 이 한풀 꺾였다. 마녀는 라라의 미소에 그의 머리카락을 장 난스럽게 헝클어뜨리며 함께 웃었다.

"이제 너도 가야 할 시간이야."

"벌써요? 시간이 진짜 빨리 갔어요."

"너한테 차 한 잔 내줄 시간도 없었어. 부채 빌려줄 테니 까 오늘은 그거 가지고 가."

"저 괜찮아요. 그냥 걸어가면 돼요."

"안 돼, 체력 아껴. 내일도 바쁘면 어떡해. 얼른 집에 가 서 푹 쉬고, 오늘 수고 많았어."

마녀는 자신이 헝클어뜨린 머리를 매만지며 라라가 앞 치마 벗는 것을 도와주었다.

"오늘 구운 빵도 좀 들고 가."

마녀가 주방에서 소금빵을 챙기는 동안 라라는 가방을 메고 남아 있는 둥둥이들에게 인사하기 시작했다. 그때였다.

"저기…… 있잖아……."

누군가 라라에게 말을 걸었다. 하지만 그 소리가 너무 작 아 라라가 미처 듣지 못했다. 그런 와중에 마녀가 라라에게 다가왔다.

"내일 아침 것까지 넣었어. 가족들이랑 나눠 먹어."

"우와! 진짜 감사해요."

"내일 보자."

고개를 끄덕인 라라는 마녀에게 부채를 전해 받고 문 앞으로 향했다. 그러고 나서 심호흡을 한 번 하고 부채를 높이 치켜들었다.

"저기……."

응? 라라의 고개가 살짝 기울어졌다. 뭐지, 잘못 들었나? 갸웃거리던 라라가 다시 부채를 들어 손바닥 위로 내려치려고 하던 순간이었다.

"나 좀…… 나 좀 봐줘, 라라야……."

이번에는 똑똑히 들었다. 잘게 떨리고 겁을 잔뜩 집어먹은 누군가의 목소리를. 그런 라라를 마녀가 의문스럽게 쳐다봤다.

"왜 그러니?"

"누가 절 부르는 거 같아요."

라라의 옆에 서서 그의 시야를 가리고 있던 마녀가 그 말에 조금 비켜섰다. 그 틈으로 라라는 고개를 빼고 진열대를 살폈다. 그리고 이내 믿을 수 없다는 표정으로 중앙 진열대를 향해 달려들었다.

"세상에, 모리야!"

모리는 자신의 영혼을 최대한 납작하게 눌러서 케이크

가장 밑바닥에 붙여놓고 있었다. 라라는 눈에 띄게 떨고 있는 그를 황급히 안고서 목소리를 듣기 위해 온 신경을 곤두세웠다.

"모리야, 너 왜 그래?"

"바쁜데 미안해. 그렇지만 날 좀 여기서 내려주면 안 될까? 이렇게 높은 곳은 너무 위험하니까 말이야."

"어어, 얼른 내려줄게."

라라와 마녀는 그의 요구대로 케이크 접시를 조심스럽게 들어 옮기기 시작했다. 바로 그때, 라라의 몸에 모리의 기억 일부가 스며들었다.

"헉!"

선뜩한 느낌이 들자 라라는 양손을 들어 팔을 문질렀다. 수많은 사람이 지나다니는 횡단보도 앞에서 반려인으로 보이는 누군가와 얌전히 신호를 기다리고 있던 모리. 그를 향해 다가온 누군가의 검은 손. 그 손이 얼굴에 닿을 때 느껴지던 기분 나쁜 냄새와 정신이 아득해지는 끔찍한 고통! 그 모든 게 번개처럼 휘몰아쳐 지나갔다. 저절로 눈물이 차올랐다.

"너무 끔찍해……."

라라는 가엾게 떨고 있는 가여운 모리를 재빨리 꽉 끌어안았다.

***

　‘어쩐지 사람들 손이 내 눈앞에 닿아 있으면 자꾸만 가슴이 떨려⋯⋯. 당장이라도 그 무서운 어둠이 튀어나와서 날 덮쳐버릴 것만 같아. 정말이지⋯⋯ 다시는 겪고 싶지도, 떠올리고 싶지도 않은 일이야.’

　라라는 모리의 지난 이야기를 떠올리면서 잠든 모리를 지켜봤다. 그는 사람의 손이 닿지 않는 곳으로 가서 안정을 취하고 있었다.

　“아무리 생각해봐도 그건 사술이야.”

　“사술이요?”

　“그래. 네가 본 게 검은 기운을 내뿜는 손이었다는 것도 그렇고, 보자마자 정신이 아득해지며 빨려 들어가는 기분이 들었다는 것도 그렇고. 사악한 도술을 쓴 게 분명해.”

　“그걸⋯⋯ 누가 써요? 그리고 그걸 쓰게 되면 어떻게 되는데요?”

　“누가 썼는지는 나도 몰라. 그런 술법이 있다는 것만 알지. 실제로 그걸 쓰는 자도 여태 본 적은 없어. 대신 자신의 신체를 통해 어둠의 공간을 만들고, 거기로 맑고 선량한 영혼을 끌고 들어가서 어둠의 제물로 바친다는 건 알고 있어. 남의 목숨이나 영혼으로 자신이 원하는 걸 얻으려는 거지.”

　“그렇다면 대체 뭘 원하는 건데요?”

"대개는 부와 명예, 그리고…… 영생."

"영생이라고요? 그, 죽지 않는 거 말이죠?"

"그래, 맞아."

"어쩌면…… 모리가 그 사술에 살해당한 걸 수도 있다는 거네요?"

"그래. 그렇지 않길 바라야겠지만 내가 신성한 느티나무 정류소를 돌며 알아본 바에 의하면 그럴 확률이 아주 높아."

이제 막 전용 문을 통과해 들어오던 재롱이 말했다.

"거기서 모리가 감정 기억을 채 안정시키지도 못하고 먼저 떠난 다른 둥둥이들의 흔적을 따라 여기까지 온 것 같다고 말했어. 또 소로가 그러는데, 모리가 첫 번째 정류소에 도착했을 때는 거의 패닉 상태였다고 하더군. 물론 거기 있는 상급 정령들이 급히 조치를 취해서 지금의 상태 정도로 그친 것 같지만."

죽음의 순간을 겪은 영혼들은 더러 극심한 공포를 느끼거나 불안에 떠는 경우가 있었다. 그럴 때마다 느티나무 정류소 정령들은 신성한 힘으로 그들의 두려운 기억을 물리치고 안정감을 되찾도록 도와주었다.

언제 깼는지 모리가 그의 몸에 꼭 들어맞는 일인용 소파에서 내려왔다. 그는 특유의 부드러운 눈길로 빵집 안을 천천히 둘러보며 그 안에 있는 모든 이들과 눈을 맞추기 시작했다. 그러자 알게 모르게 모리를 주시하고 있던 다른 둥둥이들도 하나둘씩 그에게 호기심을 갖기 시작했다.

"다들 널 걱정하고 있었나 봐. 모리야, 이제 좀 어때? 괜찮아?"

모리는 라라의 상냥한 목소리에 꼬리를 크게 흔들었다. 그러다가 라라를 아주 지그시 쳐다보기 시작했다.

"왜? 무슨 할 말 있어?"

"나 너랑 하고 싶은 게 있어."

"응? 뭔데?"

라라가 두 눈을 크게 깜빡였다. 종일 아무것도 하지 않고 휴식만 취하던 그의 첫마디는 너무나 의외였다. 라라의 물음에 모리는 두 앞발을 쭈욱 늘려 폈다가 바로 서며 몸을 푸드득 털었다. 그러고는 곧 라라의 앞으로 더 가까이 다가와 섰다.

"이제부터 잘 봐."

영문을 알 수 없었지만 라라는 우선 고개를 끄덕였다. 그러자 모리는 한쪽 발을 부드럽게 들었다 내려놓고, 다시 반대쪽 발을 들었다 내려놨다. 같은 동작을 다시 반복해서 한 발, 한 발 올렸다 내려놓고 빙글!

"춤?"

라라가 긴가민가하며 묻자 모리가 우렁차게 짖었다. 그러면서 오른쪽 앞발을 왼쪽으로 엇갈려 놓았다가 바로 놓았다 했다.

"춤추는 것 같은데?"

일정한 규칙성을 갖고 일렁이는 기운 덩어리를 보며 마녀가 또 물었다.

"네, 그런 거 같아요. 지금 저걸 저랑 같이 하고 싶다고 말하진 않겠죠?"

"한번 해봐. 그다지 어렵지도 않은 것 같은데."

"아니, 전……."

라라가 머뭇거리자 어느새 모리 옆으로 다가와 있던 재롱이 모리가 선보인 동작을 따라 하면서 말했다.

"오호, 춤이라. 이거 제법 즐거운데?"

모리는 이제 껑충 뛰면서 라라를 부르기 시작했다.

"빨리 와! 나랑 같이 춤추자!"

라라는 마지못해 그에게 다가갔다. 그리고 곧 모두가 알게 되었다. 라라가 왜 그토록 곤란한 기색이었는지 말이다. 그는 답도 없는 아주 심각한 몸치였다.

"저 동작이 저렇게 어려운 거였어?"

"모르지. 우선 난 저렇지 않아서."

모리도 엉망인 라라의 동작을 보며 고개를 여러 번 갸웃거렸다. 그럴 때마다 그의 귀가 크게 팔락거렸다. 마녀와 재롱은 이제 뒤에서 대놓고 키득거리기 시작했다. 이럴 때 보면 둘은 참 죽이 잘 맞았다. 다음 날에도 춤은 계속됐다. 그사이 모리는 안정을 되찾고 많이 밝아졌다. 하지만 라라는 그것 나름대로 걱정이었다. 이대로 잘 지내고 있는 모리를 괴

5장 커다란 고구마케이크

롭히고 싶지 않았지만 오늘까지 반려인이 오지 않으면 그의 기억 속으로 직접 들어가 끔찍한 기억을 다시 되살려야 할지도 몰랐다.

"모리야, 오늘은 네가 여기로 온 지 3일째 되는 날이야. 혹시 반려인이 널 데리러 오기로 했어?"

어제보다 조금 나아진 동작으로 라라가 물었다. 그러자 모리의 춤 동작은 오히려 조금씩 느려졌다.

"혹시 네 소원이 반려인과 이 춤을 추는 걸까?"

모리는 이제 완전히 멈춰 서서 라라를 물끄러미 올려다보았다.

"좋아. 말하지 않아도 돼. 그렇지만 너는 반드시 반려인을 만나야 해. 그래야만 여한 없이 저승으로 떠날 수 있어. 그건 알고 있지?"

라라는 자신의 물음에 아무런 대답도 하지 않는 모리를 앞에 두고 쭈그려 앉았다.

"넌 혼자서 여길 떠날 수 있는 둥둥이가 아니잖아. 그랬다면 벌써 황천에 가 있었을 거야."

모리도 라라를 따라 천천히 엉덩이를 붙이고 앉았다. 그러고는 커다란 눈을 대굴대굴 굴리며 가엾게 치켜떴다.

"괜찮다면 내가 네 기억을 좀 봐도 될까? 그래야 네 소원을 이루는 데 도움을 줄 수 있을 것 같아서……."

"싫어, 보여주고 싶지 않아. 난…… 너무 무서워. 정말 무서워……."

모리가 풀 죽은 목소리로 말했다. 라라는 당장이라도 왈칵 눈물을 쏟을 것 같은 그의 물기 어린 눈망울을 보자 한숨이 나왔다. 하지만 라라도 이대로 물러설 수는 없었다.

"다른 건 몰라도 반려인에 대한 정보만은 볼 수 있게 해 줘. 네가 보여주고 싶지 않은 다른 기억들은 보여주지 않아도 돼."

모리가 긴 속눈썹을 깜박였다. 결국 그의 눈에서 눈물 한 방울이 툭 떨어졌다.

"제발, 이렇게 부탁할게. 모리야."

라라가 두 손을 모으자 모리는 그제야 결심이 섰는지 스르르 눈을 감았다. 라라는 허락의 의미로 받아들이고 바닥에 엉덩이를 완전히 붙여 앉았다. 그리고 그를 향해 두 팔을 벌렸다. 모리는 라라에게 안기듯 그의 가슴을 통과해 자신을 닮은 고구마케이크 쪽으로 빠르게 넘어갔다. 그와 동시에 라라의 의식은 완전히 암흑으로 가라앉았다. 라라는 모리가 캄캄하게 가려놓은 가장 최근 기억들을 그대로 지나쳤다. 그는 이제 둥둥이들의 기억 곳곳을 지나다니며 봐야 할 것과 그렇지 않은 것들을 골라 볼 수 있을 정도가 되었다. 곧 긴 터널을 지나 빛이 열리는 지점을 발견한 라라는 의식을 빠르게 뻗어 그곳으로 스며들었다. 검은 안개가 걷히며 가장 먼저 열린 감각은 후각이었다. 콧속으로 확 끼쳐 들어오는 놀라운 화

　　　　　　　　5장 커다란 고구마케이크

학 반응 때문에 온몸이 짜릿해졌다. 동시에 뇌에 곧바로 전달되는 갖가지 냄새들로 인해 약간의 어지러움을 느꼈다. 비가 온 뒤 젖은 땅에서 나는 싱그러운 훈기가 이런 냄새였다니! 라라는 강아지의 코로 느끼는 새로운 세계에 흠뻑 취했다. 새가 지저귀는 소리가 날 때마다 커다란 양쪽 귀가 저절로 움직이며 목덜미를 스쳤다. 아아, 풀 냄새가 이렇게 좋았구나. 잔디 밑 흙에서 나는 냄새는 또 어떻고! 라라는 뛸 듯이 기쁜 마음에 발걸음이 저절로 경쾌해졌다.

"이제 거의 다 온 거 같다. 그치? 모리야."

들려오는 부드러운 목소리에 저절로 양쪽 입꼬리가 벌어졌다. 언제 들어도 좋은 목소리! 모리는 마음속으로 그렇게 외치고 있었다. 보행자와 보폭을 맞춰 걸었다. 그러자 놀이터 옆을 지나던 몇몇 행인들이 온정한 시선을 보냈다. 라라는 왠지 아주 뿌듯하고 자랑스러웠다. 그리고 이렇게까지 훌륭하게 모리를 훈련시킨 반려인이 대체 어떤 사람인지 무척 궁금했다.

"잘하고 있어. 아주 멋져."

라라는 너무 들뜨지 않으려고 애쓰는 모리의 마음이 그대로 느껴졌다. 동시에 모리가 어서 고개를 들고 반려인을 쳐다봐주길 기다렸다. 하지만 모리는 마치 주어진 미션을 수행하듯 묵묵히 목적하는 곳으로만 걸어 나갈 뿐 좀처럼 고개를 들지 않았다. 반려인의 발걸음을 따라 신호등 앞에 선 라라는 어쩐지 주변이 아주 익숙하다고 생각했다. 바로 그때 모리의 고개가 살짝 들리기 시작했다. 라라는 반려인이 나오는 찰나를 놓치지 않기 위해 정신을 바짝 차렸다. 그러나 라라는 곧 크게 당황하고 말았다. 고개를 들어 반려인의 얼굴을 확인했을 때, 그의 모습은 희뿌옇게 뭉개져서 생김새를 알아보기 어려웠다. 조바심이 난 라라는 다시 정신을 집중하고 기억을 되돌렸다. 그러나 그때마다 반려인의 모습은 점점 더 흐려지기만 할 뿐 라라의 뜻대로 보이지 않았다. 라라는 더 이상 참지 못하고 기억 속에서 빠져나와 모리를 찾았다. 이렇게까지 협조해주지 않는다니 도저히 이해할 수 없는 상황이었다.

"모리야, 너 이렇게까지 방해하면 어떡해!"

"미안. 그치만 이럴 수밖에 없어. 너무 무서워."

"그래도 그렇지. 이렇게 가리기만 하면……."

"무서워서 더는 못하겠어. 나 이제 쉬고 싶어."

모리는 케이크 속으로 몸을 다급하게 숨겨버렸다.

"좀 쉬면서 하자. 모리도 그러길 바랄 거야."

마녀는 라라에게 먹을 것을 권하며 도망치듯 케이크 속으로 사라진 모리에게 눈길을 주었다.

"좀 얻어낸 게 있어?"

"아니요. 반려인에 대한 건 아예 보여주질 않아요."

"그럼……."

"다른 방법을 찾는 수밖에 없죠. 뭘 어떻게 해야 될지는 지금으로선 도저히 모르겠지만요."

"천천히 생각해보자. 그러다가 뭔가 좋은 묘안이 생길지도 모르잖아. 이제껏 네가 그래왔던 거처럼."

"그렇게 된다면 좋겠네요."

라라가 포크를 들어 얼그레이피낭시에를 푹 찍어 내리며 말했다.

"다른 건 못 봤어?"

잠자코 있던 재롱이 물었다.

"다른 거?"

"힌트가 될 만한 다른 것들. 꼭 반려인에 대한 직접적인 정보가 아니더라도 강아지들은 아주 감각적이니까 주변 상황 같은 걸 잘 기억할 거야."

"글쎄, 뭐가 더 있을까? 늘상 보던 아파트 단지에 신호등 앞…… 아!"

라라가 짧고 낮게 탄성을 냈다.

"그래, 맞아. 그런 방법도 괜찮겠어!"

"무슨……."

"우리가 직접 찾아다니는 거 말고 제보를 받는 거야!"

라라가 들고 있던 포크를 갑자기 놓은 바람에 쨍그랑하는 소리가 크게 울렸다. 하지만 다들 신경 쓰지 않는 눈치였다. 그저 라라의 다음 묘안이 기다려질 뿐이었다.

***

재롱과 마녀 앞에 무언가가 팔락거렸다. 라라가 그린 그림들이었다. 그들은 라라가 춤을 추는 것보다 무언가를 그리는 데에 훨씬 더 재능이 있다고 판단했다.

"어때요? 이게 제일 닮은 거 같죠?"

"뭐, 제법 비슷해."

재롱이 모리를 쳐다보며 말했다. 마녀도 옆에서 엄지손가락을 치켜올렸다. 마녀는 새카만 머리칼 속에서 흰머리 몇 가닥을 뽑아 라라가 내민 종이 위에 올려두었다. 그런 다음 곧바로 머리카락에 숨을 불어 넣었다. 그러자 머리칼이 가볍게 휘날리면서 그 아래에 있던 종이도 함께 들썩였다. 마녀가 더 강하게 호흡을 불어 넣자, 원래 있던 그림 한 장 위로 같은 그림이 찍힌 다른 종이들이 생겨나기 시작했다. 그것들은 곧 마녀가 부는 호흡을 따라 마치 복사기에서 복사된 문서가 빠져나오듯이 빠르게 쏟아져 나왔다. 라라는 허공으로 날리는 종이 다발 중 한 장을 골라 잡고 크게 감탄했다.

"저는 사장님이 도술을 부리실 때마다 너무 설레고 신나요!"

"그래? 난 네가 묘안을 짜낼 때마다 그게 그렇게 신기하던데?"

그들이 주거니 받거니 칭찬을 나누는 동안 재롱은 공중

에 흩날리는 종이를 잡기 위해 정신없이 앞발을 휘둘렀다. 라라도 그 옆에서 종이를 정리했다.

"이제 잘 추려서 묶기만 하면 되겠어요"

"그래, 덕분에 나도 이걸 꺼내게 되네."

마녀가 빗자루 모양 키링을 손가락에 걸고 흔들었다.

"근데 그거 진짜 빗자루예요?"

"아니?"

"아깐 그걸로 날아다니면서 전단지를 뿌리면 될 거 같다고 하셨는데?"

"날아다닌다고 한 건 맞지만 그렇다고 빗자루를 탄다고는 안 했지."

"아, 그렇죠. 근데 그거 꼭 빗자루 모양인…… 어라?"

마녀가 빗자루 솔이 있는 부분을 빙글빙글 돌렸다. 라라의 눈이 호기심으로 휘둥그레지자 마녀는 씨익 웃으며 솔을 빼냈다. 그러자 니은 자 모양의 작은 파이프가 밖으로 튀어나왔다. 마녀가 거기에서 멈추지 않고 반대편 끝에 달린 아주 좁은 입구를 뽑아냈다. 그랬더니 숨겨져 있던 얇은 대가 찰칵거리며 기다랗게 빠져나왔다.

"어! 그거!"

"알아?"

"곰방대 아니에요?"

"정답."

마녀가 장난스럽게 웃으며 라라의 손을 잡고 밖으로 나왔다. 그는 곰방대를 입에 물고 숨을 쭉 빨아들였다. 그러자 파이프에서 둥실한 기체 덩어리가 튀어나왔다. 마녀는 그것을 손으로 저어서 작은 회오리를 일게 했다. 그러고는 라라가 놀랄 틈도 주지 않고, 회오리를 허공으로 높이 던져 금방이라도 뭔가가 떨어질 것처럼 우락부락한 하늘을 만들었다.

"사장님! 진짜 대단해요!"

"아직 감탄하기는 일러. 진짜는 이제부터니까."

마녀가 라라의 어깨를 붙잡았다. 그리고 발을 쿵 한 번 굴렀다.

"자, 따라 해봐."

라라는 잔뜩 기대에 찬 얼굴을 하고 발로 땅을 쿵 눌렀다.

"좋아. 두 번 더 나랑 같이 발을 차고 튀어 오르는 거야. 알았지?"

고개를 끄덕인 라라는 하나, 둘, 마녀와 함께 구령에 맞춰 발을 굴렀다. 그는 몸이 생각보다 높이 떠오르자 저도 모르게 크게 소리 질렀다. 그러나 이내 부채를 처음 써보았던 예전 일이 떠오르면서 온몸이 짜릿하게 전율했다. 마녀는 기류를 타며 라라를 부드럽게 지붕 위로 이끌었다.

"빛바랜 우리 집 기와가 참 예뻐. 그치?"

마녀가 세월을 맞아 색색이 옅어져 제각기 다른 색을 내는 지붕 기와를 보며 나긋하게 말했다. 그러면서 몸을 빠르게 틀어 떡갈나무, 느티나무, 금강송을 뛰어넘었다. 라라는 그와 함께 속도를 타며 흥분했다. 높은 나무들 몇 그루 사이를 넘나들다 보니 그도 어느새 익숙해져 마녀와 합을 맞추고 있었다.

"이젠 네가 앞에서 안내하도록 해."

라라는 고개를 끄덕이며 전단지 뭉치를 고쳐 잡고 마녀를 잡아끌었다. 그러던 중 모리의 얼굴이 크게 그려진 전단지 한 장이 그의 옆구리 사이로 빠져나왔다. 전단지는 라라와 마녀가 구름을 타고 올라가는 동안 빠른 속도로 낙하해 땅 위로 내려앉았다.

반려인을 찾습니다. 이 강아지를 아신다면 여기로 메시지를 주세요.
이름: 모리
나이: 7세(여)
견종: 상냥하고 예의 바른 골든리트리버

라라는 초조하게 SNS를 열었다 닫았다 반복했다. 그때 마침 알림 진동이 울렸다. 라라는 빠르게 메시지 창으로 넘어가 내용을 확인했다. 그리고 이내 실망한 표정으로 핸드폰을 내려놓았다.

"왜? 지금 무슨 연락 온 거 아니야?"

"오긴 왔는데 반려인이 아니라 저희 반 예슬이에요."

"예슬이?"

"네. 전에 보배 반려인 가족……."

"그 긴 머리 소녀! 근데 그 애가 어쩌다가?"

"그건 저도 잘 모르겠어요. 제 SNS 아이디를 알고 있나 봐요. 아무튼 얘가 요즘 저한테 간간이 관심을 보여요. 그렇다고 그때 있었던 일을 기억하는 거 같진 않지만……."

"흠, 어쩌면 잘된 일일 수도 있겠는데?"

"네? 뭐가요?"

"아무리 환술로 기억을 조작했다고 쳐도 감각과 감정이라는 걸 전부 조작할 수는 없으니 너에게 저절로 호감이 생긴 게 아닐까?"

"잘해봐. 어쩌면 좋은 친구가 될지도 모르는 일이니."

라라는 재롱의 말에 조용히 입가를 씰룩거리다가 마침내 미소 지었다. 그리고 팔로우 수락을 눌러 예슬의 SNS로 넘어갔다. 맨 처음 피드에 뜬 사진은 예슬이 피아노 콩쿠르에서 금상을 수상한 후 환하게 웃고 있는 사진이었다. 하트를 누를까 말까 고민하던 찰나, 다시 알람이 울렸다. 바로 메시지를 확인한 라라는 사진 속 예슬이처럼 활짝 웃으며 마녀와 재롱을 향해 화면을 내밀었다.

"드디어! 연락이 왔어요!"

그 메시지를 시작으로 수많은 사람들에게서 연달아 연

락이 왔다. 덕분에 빵집 무리는 모리의 진짜 정체를 알 수 있게 되었다.

"맹인 안내견이었다니! 그래서 손님이 여태 오지 못한 거로군."

재롱이 가장 놀라워했다. 그러면서 어쩐지 뭔가 다르긴 달랐다는 반응을 했다.

"메시지를 보니 생각보다 많은 사람이 모리와 반려인을 기억하는 모양이에요. 언제 어디서 마지막으로 봤는지, 어느 때에 산책을 나왔는지, 사는 곳이 어디인지까지 전부 얘기해 주더라고요. 여기인 것 같아요!"

라라가 사진 한 장이 업로드된 메시지 창을 마녀와 재롱에게 내밀며 신나서 소리쳤다.

"좋아. 이제 그럼 바로 준비해서 출발하자."

라라는 재빠르게 서랍을 열어 고구마케이크를 포장할 커다란 선물 상자를 꺼내 왔다. 그랬더니 그 옆에서 재롱이 빨간색과 초록색 리본을 물어 건네주었다.

"어제 봐뒀던 거기로 가면 되는 거지? 연식이 오래된 아파트라서 정말 다행이야. 요즘 새로 지은 아파트들은 경비 시스템이 너무 잘 갖춰져 있어서 들어갈 때부터 애를 먹잖니. 아무튼 새로 생긴 것들은 영 운치가 없어."

라라는 화첩을 펴고 붓을 든 마녀를 보며 소리 내지 않고 키득거렸다. 마녀가 자신과 얼마 차이 나지 않는 앳된 얼굴을 하고 어울리지 않게 어르신처럼 굴 때는 왠지 자꾸만 웃음이 났다.

"아무튼, 한 이쯤에 이게 보였던 거 같고, 흠…… 은행나무가 두 그루뿐이었던가?"

라라는 갑자기 고개를 돌려 묻는 마녀를 보고 놀라 급하게 입꼬리를 내렸다. 그리고 빠르게 고개를 두어 번 끄덕였다. 그러고 나서 재빨리 손을 놀려 두껍고 탄탄한 선물 상자 손잡이 부분을 마저 접었다.

"제법인데?"

모리를 안으로 조심스럽게 집어넣고, 재롱이 준 두 가지 리본을 겹쳐 보기 좋게 케이크 상자를 싸매는 라라를 보며 마녀가 말했다.

"그럼요."

"좋아, 그런 자신감 있는 태도. 그러니 오늘은 네가 먼저 들어가."

마녀가 엄지손가락으로 뒤에 있는 화첩을 가리켰다. 라라는 모리가 든 상자를 품에 안았다. 그리고 철퍼덕 자리에 앉더니 마룻바닥 끝에 닿는 화첩 속으로 발끝을 내밀었다. 발뒤꿈치에 힘을 잔뜩 주고 엉덩이를 움직여 조금씩 앞으로 가던 그는 곧 미끄러지듯 화첩 안으로 빨려 들어갔다. 라라와 마녀가 사람들 눈을 피해 공간 이동 출구로 택한 장소는 모리가 살았던 아파트 놀이터에 있는 터널 놀이기구였다. 마너가 이번 이동은 꽤 스릴 있었다는 짧은 평을 했고, 라라는 그의 엉뚱함에 또다시 웃음을 터뜨린 채 모리가 살던 아파트를 향해 내달렸다. 그러나 막상 집 앞에 도착해 아무리 초인종을 눌러 봐도 반려인은 밖으로 나오지 않았다. 작은 기척도 내지 않는 그에 비해 모리는 당장이라도 상자 밖으로 뛰쳐나와 집 안으로 들어갈 것처럼 굴었다. 혹시 모를 돌발 상황을 대비해 만들어둔 특수한 선물 상자가 아니었다면 벌써 그러고도 남았을 것이다.

"이제 어떡할까? 문이라도 두드려볼까?"

마녀는 당장이라도 주먹을 쥐고 문을 두드릴 기세였다. 그러자 모리가 움직임을 멈췄다. 라라는 갑자기 잠잠해진 상자를 들고 갸웃거리다가 손잡이에서 손을 떼고 바닥을 받쳐 모리의 상태를 살폈다. 그리고 이내 표정이 굳어졌다.

"아니요……."

"아니라고? 그럼 어쩌게?"

"지금 당장 빵집으로 다시 돌아가는 게 좋겠어요."

"뭐? 정말이야?"

라라가 천천히 고개를 끄덕이자 마녀는 황당하다는 표정을 지었다. 그리고 라라의 두 손 위에 올려진 상자를 보며 어쩐지 분위기가 심상치 않다는 걸 느꼈다. 모리의 기운은 잠잠하다 못해 침울했다.

"지금 모리는 반려인에게 절대로 이 문을 열어선 안 된다고 말하고 있어요. 우리가 아무리 반려인을 만나는 일이 급하다고 해도 모리가 이런 상태라면 더 이상의 만남은 어려워요. 대체 왜 이러는 건지 좀 더 알아볼 필요가 있을 거 같아요."

그 말을 끝으로 라라는 입을 다물어버렸다. 마녀는 골똘해진 라라의 얼굴을 보고서 당장에 떠오르는 답답함을 뒤로 밀어두었다. 다시 터널 놀이기구 앞으로 돌아온 라라와 마녀는 터널을 거꾸로 기어올라 화첩을 빠져나왔다.

"그냥 돌아왔군."

라라의 손에 들린 케이크 상자를 힐끗 쳐다본 재롱이 건조하게 말했다. 라라는 곧바로 중앙 진열대로 가서 모리를 내려놓고 상자를 열었다. 여전히 모리는 아무런 움직임도 보이지 않았다. 근처에 있던 둥근 의자를 끌어내 앉는 라라를 향해 마녀가 물었다.

"왜 문을 열면 안 된다고 한 건지 그 둥둥이가 네게 말해주기는 해?"

"아직은요. 그렇지만 저도 뭔가 짐작되는 부분은 있어요."

"뭔데 그게?"

"아까 얼핏 소원을 이루는 것보다 반려인이 무사한 게 중요하다는 듯한 말을 했어요. 가만히 생각해보면 모리 입장에선 그게 너무 당연한 거예요."

"당연하다니?"

"모리는 자신의 도움 없이 반려인이 혼자 여기까지 올

수 없다는 사실을 누구보다 잘 알고 있어요. 앞이 보이지 않아 위험한 데다가 여긴 너무 외진 곳이니까요."

"그렇다면 더더욱 문을 열게 만들었어야 했어. 케이크만 먹였으면 끝날 일인 거잖아."

"아니요. 중요한 문제가 더 있어요. 모리는 반려인을 너무 만나고 싶어 하지만 동시에 그러지 않으려고 해요."

"만나고 싶은데 만나지 않으려고 한다니?"

"모리는 맹인 안내견이니까요. 다른 둥둥이들의 생애와 다르게 반려인을 돕고 보살피는 생을 살아왔단 말이에요. 위험 감지에 특히 더 민감할 거예요. 분명 자신이 죽던 순간에 반려인도 위험할 수 있다는 판단을 한 거예요. 그래서 절대로 집 밖으로 나와선 안 된다고 한 거죠. 반려인의 꿈으로 찾아가서요."

"그럼 지난번 기억 속에서 반려인의 얼굴을 뭉개놓은 것도 다 그런 이유야?"

"네. 반려인이 어떤 위험에도 노출되지 않도록 자신의 기억까지 모조리 왜곡한 거였어요. 자신을 해쳤던 누군가로부터 반려인을 지키려고 끝까지 온 힘을 다한 거죠. 이 모든 복잡한 감정은 모리가 죽는 그 순간, 그때 느꼈을 두려움에서부터 시작됐을 거예요."

마녀는 길게 탄식했다.

"허…… 이제야 좀 꿰어지네. 그럼 어떡하면 좋을까? 거기까지 생각해봤어?”

"아뇨. 그건 저도 잘 모르겠어요. 아직도 모리가 사술을 쓰는 누군가에 의해 습격받아 죽임을 당했다는 것 말고는 정확한 상황도 모르고요. 어떤 부분에서 반려인까지 위험할 거라 판단했는지부터 차차 알아봐야 해요. 여기서 문제는 제가 훑은 모리의 기억들이 대부분 새카맣게 가려진 상태였다는 거예요. 물론 그마저도 모리가 다시 보여줄 거라 확신할 수도 없고요.”

"하······ 네 말을 들으면 들을수록 이건 정말 해결점이 없어 보여.”

마녀가 두 손으로 머리를 감싸며 말했다. 라라의 모습도 별반 다르지 않았다.

"한 가지.”

재롱의 나직한 목소리가 들렸다. 그는 이내 어깨를 바짝 낮춰 도움닫기를 하더니 테이블 위로 튀어 올랐다.

"도움될 방법이 있을 거 같은데 한번 들어보겠어?”

라라와 마녀는 의아한 눈길로 서로를 마주 보다가 재롱에게 눈을 맞췄다.

6장

황천에 피는 물망초

"두려움을 없애는 방법은 오직 두 가지야. 하나는 두려움에 맞서 이겨내는 것이고, 또 다른 하나는 잊어버리는 거지."

라라와 마녀는 재롱의 말에 전적으로 동의한다며 끄덕였다.

"누군가의 기억을 완전히 지우는 일은 저승사자의 권능을 제외하면 딱 한 가지 방법이 더 있지. 망각의 강, 황천으로 가면 그 가장자리에 검붉은 물망초가 잔뜩 피어 있어. 원래 물망초의 꽃말은 '나를 잊지 마세요'야. 하지만 황천의 진기를 먹고 자란 저승의 물망초는 그와 반대되는 '나를 잊어주세요'라는 의미가 있어."

"그 물망초, 나도 들어본 적이 있는 거 같아. 그걸로 기억을 잊는 약을 만들면 아주 효력이 좋다고."

마녀가 옆에서 거들었다.

"그래, 맞아. 황천이 증발해 꽃잎에 맺히는 마흔아홉 방울의 이슬을 따서 물망초 꽃술을 진하게 우리기만 하면 되지. 물론 계량을 잘해서 용량 조절을 꼭 해야지만 효능을 완벽히 볼 수 있어. 그래도 잘만 흉내 내면 모리의 기억쯤은 지우고도 남을 거야."

"그 약은 그럼 누가 만드는데?"

"그건 내가 알아서 해볼게. 언젠가 기회가 되면 꼭 한번 만들어보고 싶었어."

마녀가 잔뜩 기대에 찬 얼굴로 두 눈을 반짝이며 말했다. 라라가 고개를 끄덕였다.

"망각의 약이라는 건 그냥 마시기만 하면 되는 거야?"

"응, 사용법을 더 알아봐야 하겠지만 대체로 기억을 가진 당사자들이 잊고 싶은 기억을 선택한 후 물약을 여러 번 나눠 조금씩 마시면 잔상까지 모조리 지울 수 있다고들 해."

"그걸 모리가 혼자서 할 수 있을까?"

"영혼은 이승의 것을 먹거나 마실 수 없으니 그건 불가능하지. 그러니 동화하는 방법을 쓸 수밖에 없어."

"동화하는 방법?"

"너의 몸으로 모리가 들어가서 서로 동화되는 거야. 그런 다음 네가 모리의 기억을 지우는 거지."

"그거…… 혹시 내가 아는 그, 빙의 같은 거야?"

라라가 미간을 찌푸린 채로 물었다.

"비슷하긴 하지만 좀 다르지. 그동안 애니멀 커뮤니케이터나 사이코메트리와 같이 초능력을 써서 관찰자로 타자의 기억 안에 들어갔다고 한다면 동화는 경험자로서 타자 그 자체가 되는 거야. 겪는 것, 느끼는 것, 삶의 전부가 자기 것이 되는 것. 즉 동기화와 같은 거지."

라라의 미간이 더욱 좁혀졌다.

"내가…… 그렇게까지 해낼 수 있을까?"

"걱정 마. 네가 허락만 한다면 그렇게 어렵지는 않을 거야. 이미 네 몸을 모리가 통과한 적도 있으니 거부감도 덜할 테고."

"내가 허락하기만 하면 된다고?"

"그래. 우리가 하는 일은 언제든지 합의가 필요해. 가능하다면 서로를 위해 계약을 진행하기도 하지. 누가, 언제, 어디서, 무엇을, 어떻게, 왜 합의해야 하는지를 세심하게 정하고, 얼마나 강력한 효력으로 혹은 누가 우선적으로 효력을 가졌는지도 꼭 알아보고. 그래야 손해를 줄이고 불리한 계약을 하지 않을 수 있으니까. 넓은 의미에서 합의도 계약에 속하지. 그러니까 둥둥이들이 그동안 그래왔던 것처럼 너도 모리와 동화되겠다고 마음을 먹고 그를 받아들이면 아마 기억을 지울 수 있을 거야."

그때 마녀가 다급하게 끼어들었다.

"잠깐, 이 방법은 좀 위험하지 않아? 내가 알기론 한 몸에 영혼이 둘이나 들어가 있으면 강한 영혼이 또 다른 영혼을 밀어낼 수도 있다고 했어. 일이 만약 잘못되면 모리가 라라의 몸을 뺏을 수도 있다고."

"그럴 가능성은 전혀 없어. 그건 비열하고 악한 영혼들이나 하는 짓이고. 나는 그런 영혼을 퇴치하는 데에 아주 전문이니까."

재롱이 자신했지만 마녀는 그에게 확실히 해두라며 엄포를 놨다. 묵묵히 듣고 있던 라라는 그사이 생긴 궁금증을 풀어놓기 시작했다.

"그 망각의 꽃이라는 거. 거기서 꺾어오기만 하면 되는 거야? 아니면 다른 뭔가를 더 준비해야 하는 거야?"

"오, 매번 아주 좋은 질문을 하는군. 그래서 말인데……의논이 좀 필요한 일이 있어."

"그게 뭔데?"

"황천은 죽은 자가 아닌 산 자의 저승 출입을 철저하게 통제하고 있어. 만일 산 자가 황천을 건너게 되면 정말 돌이킬 수 없는 일이 되니까. 과거에 죽은 부인을 찾으러 왔다가 남편이 저승에서 돌이 되어버린 일도 있었고. 뭐, 아무튼. 죽어선 안 되는, 그러니까 명줄이 끊어지지 않은 산 사람이 황천 근처로 가게 되면 강이 범람해. 그리고 이승으로 다시 쓸어버리지."

"그렇다면 꽃을 꺾으러 갔을 때 황천이 모르게 해야 한다는 거지?"

"그래, 맞아. 그러려면 묘안이 필요해."

"그건 이번에도 내가 맡는 거고."

라라는 아직도 상자 안에서 나오지 않고 버티는 모리에게로 다가갔다. 모리는 라라가 온 걸 알면서도 고개를 들지 않았다. 라라는 입술 끝을 바짝 끌어당기며 숨을 들이켜 가슴을 부풀렸다. 지금부터는 무조건 모리를 설득해야만 한다.

"모리야. 이제 좀 나와봐. 이제부터 너에게 정말 중요한 이야기를 해줄 거야. 난 네가 겪었던 안 좋은 기억들을 전부 다 지워주고 싶어. 네 마지막 소원이 내게 가르쳐준 그 춤을 추는 거라면 마음껏 그럴 수 있게 도와주고 싶어."

라라의 따스한 부름에도 반응하지 않던 모리가 춤이라는 말에 움찔거렸다.

"그동안 네가 반려인의 꿈에 나타나 이곳까지 안내하지 않았던 건 그가 위험에 처할까 봐서야. 그 마음, 네 기억을 봤던 내가 잘 알아. 목숨을 잃는 순간까지도 넌 가족을 지키기 위해 필사적이었어. 그러니까 너에게 말할 수 있어. 나, 아니 우리와 함께하면 반려인이 위험에 처하지 않으면서도 네가 가진 악몽 같은 기억도 지우고 마지막 소원도 이뤄줄 수 있다고."

"어떻게?"

고개를 빼꼼히 내밀고 눈동자만 굴리고 있던 모리가 완

전히 몸을 틀었다. 라라는 드디어 입을 연 모리를 보고는 입 꼬리를 올렸다.

"이래 봬도 저기 계시는 저분이랑 노랑 고양이는 상당한 능력자야. 아쉽게도 넌 느티나무 정류소에서 저 고양이가 하는 일을 못 봤겠지만 너를 포함한 둥둥이들을 여기 이 빵집까지 데리고 와서 소원을 이뤄준 후에 저승까지 무사히 안내하는 일을 해. 그리고 좀 전에 봤지? 우리 사장님이 도술을 써서 널 살던 집 앞까지 데려다주신 거. 거기다가 우린 천계의 명을 받고 일하는 중이야. 너와 네 반려인이 만일 위험에 처하게 된다면 그냥 두고 보지 않을 든든한 배경이 있다는 뜻이지."

"그래도…… 그래도 날 해쳤던 그 손이 또 나타나면 그냥 끝인 거 아니야?"

모리의 눈길에서 두려움이 배어났다.

"그땐 내가 반드시 널 지킬게. 알지? 난 네가 아는 평범한 인간이랑은 좀 다른 거. 그러니까 내게 네 기억을 다 보여줘. 네 두려움을 꼭 지워서 훌훌 털어버릴 수 있게 만들어줄게. 그러고 나면 넌 네 반려인을 만나 즐겁게 춤을 추고 웃으면서 떠날 수 있을 거야. 어때? 내 말 믿고 한번 해볼래?"

모리는 라라를 바라보며 꼬리를 천천히 살랑거렸다. 드디어 그가 허락했다는 뜻이었다.

***

재롱의 전용 통로는 그 또한 다른 차원으로 가는 문이었다. 재롱을 따라 저승이라는 세계로 넘어온 라라는 마녀에게 주었던 몸이 작아지는 단약을 대신 먹고, 집게손가락 한 마디보다 더 작아져서 재롱의 등에 달라붙어 있는 상태였다.

'다 왔군. 내가 다리를 건너 남 주작에게 이걸 갖다주고 우리가 하는 일을 보고할 동안 애를 좀 써줘.'

황천을 지키는 남쪽 사방신 주작은 유난히 흰쌀을 좋아한다고 했다. 재롱은 마녀에게 부탁해 그에게 줄 쌀약과를 만들어 온 참이었다. 라라는 재롱이 건네는 마음의 소리를 듣고 그의 목덜미 털을 꼬옥 붙잡았다가 놓았다. 재롱은 황천으로 다가가 괜히 그 주위를 배회하는 척하며 붉다 못해 검은 물망초 쪽으로 가서 꽃향기를 맡아댔다. 자정에 가까울수록 진한 향을 내는 물망초의 향이 그윽했다. 황천은 아주 고요했다. 슬쩍 본 바로는 달빛이 내린 윤슬이 온화하게 느껴지기까지 했다. 라라는 그 틈을 타 얼른 재롱의 몸에서 내려왔다. 그리고 미리 챙겨 온 주머니에서 작은 호리병 여섯 개와 지푸라기로 만든 인형 여섯 개, 마녀의 머리카락을 꺼냈다. 비교적 짧게 자란 흰 머리카락 여섯 가닥을 손에 꼭 쥔 라라는 인형을 하나씩 바닥에 내려두고 그 위에 마녀의 머리카락을 올렸다. 그다음 자신의 머리카락도 뽑아 그 위에 겹쳐 올리고, 호리병을 인형들 목에 걸어 호흡을 불어 넣었다.

'이제 됐군.'

황천으로부터 라라가 있는 쪽을 가리느라 식빵 굽는 자세로 앉아 있던 재롱이 라라와 그 옆으로 생겨난 여섯 라라를 내려다보았다. 라라는 재빨리 근처에 있는 물망초에 올라타기 시작했다. 그러자 그를 따라 여섯 라라도 함께 움직였다. 자정이 되자 황천에서 수증기가 올라오기 시작했다.

'반드시 기억해. 저승의 시간은 우리의 시간보다 훨씬 빨라. 자정도 엄청나게 빨리 지나갈 거야. 물론 내가 남 주작을 만나 협조를 요청한다면 괜찮겠지만 혹시라도 그사이 해가 뜰 경우 이슬이 다 말라버릴 거야. 그러니 그 전까지……'

그러자 라라가 기세 좋게 호리병을 들어 흔들어 보았다.

'그래, 좋아. 난 그저 널 응원하기만 하지.'

재롱은 일곱 라라가 전부 꽃대에 매달린 모습을 보고는 자리에서 일어났다. 황천은 이제 안개를 자욱하게 늘어뜨리고 있었다. 바람 한 점 없는 밤이었다. 라라는 고운 어둠 속에서 낮게 자란 풀잎 끝에 맺히는 이슬을 보며 미소 지었다.

'어서 가!'

라라가 재롱을 향해 손을 휘 내저었다. 그러자 재롱은 걱정스러운 눈초리를 거두고 걸음을 돌렸다. 라라는 꽃대를 더 타고 올라갔다. 밤을 맞은 꽃잎이 아무 방해도 하지 말라는 듯이 입을 앙다물고 있었다.

'꽃술은 자정이 넘어서야 딸 수 있겠어.'

재롱은 어느새 사라진 채였다. 라라는 목에 매단 호리병을 들어 올려 꽃대에 맺힌 이슬을 하나 따냈다. 한 사람당 일곱 방울, 총 마흔아홉 방울의 이슬이 필요했다. 라라와 여섯 라라는 이슬을 호리병에 담기 위해 부지런히 움직이기 시작했다. 한 방울, 두 방울, 세 방울…… 그리고 다섯 방울을 따낼 때쯤이었다.

'그새 꽃향기가 많이 옅어졌어.'

라라는 하늘을 올려다봤다. 칠흑 같았던 어둠에서 옅은 밝음이 느껴졌다. 아주 옅은 빛에서도 밤새 앙다물고 있던 꽃들이 꽃잎을 펼치기 시작했다. 다급해진 라라가 얼른 다른 꽃잎을 향해 건너가려는 그때였다.

"으앗!"

라라가 꽃잎 사이로 발을 헛디디고 말았다. 꽃봉오리인 줄 알고 다리를 옮겼는데 마침 그 꽃이 잎을 피우고 있었던 것이다. 겨우 꽃잎 한 면을 잡고 대롱대롱 매달린 라라는 얼른 황천이 있는 쪽으로 고개를 돌렸다. 다행히 황천은 물망초 밭에 들어와 있는 일곱 라라의 존재를 아직 감지하지 못한 모양이었다. 라라는 얼른 다리 한쪽을 뻗어 조금 더 튼튼한 이파리 쪽으로 몸을 옮겼다. 그사이 다른 라라들은 일을 마치고 하나둘씩 꽃에서 내려와 호리병을 한데 내려놓고 있었다. 마침 라라의 눈에 이제 막 피기 시작한 물망초 안 이슬한 방울이 보였다.

'저기, 저 마지막 방울을 따고 꽃술까지 따면 되겠어!'

라라는 서둘러 몸을 움직였다. 그 순간에도 꽃에 맺힌 이슬방울들은 눈에 띄게 작아지는 중이었다. 꽃잎이 하나둘씩 벌어지며 움직이자 라라는 더욱 조심할 수밖에 없었다. 여기서 떨어져 소리라도 낸다면 정말 끝이었다. 다시 목표한 꽃으로 다가가던 중, 그동안 불지 않았던 바람이 갑자기 일기 시작했다. 그와 동시에 여섯 라라가 있는 쪽에서 풀썩하고 넘어지는 소리가 들렸다.

'주술이 풀렸어!'

라라의 눈에 곤란함이 서리는 동시에, 주술이 풀려 넘어진 지푸라기 사이에 껴 있던 라라의 머리카락 한 가닥이 바람에 나풀나풀 날리며 황천 위로 내려앉았다. 그동안 달빛을 받아 반짝이던 윤슬에 전부 눈꺼풀이 생기더니 이윽고 황천이 눈을 떴다. 라라는 그 기괴한 광경을 보고 몸을 떨었다. 황천에 떠진 눈동자 수만 개가 여기저기를 살피며 침입자를 찾아내다가 서서히 허공으로 물살을 들어 올리기 시작했다. 라라는 당장이라도 비명을 지르고 싶은 심정을 꾹꾹 누르고 몸을 좀 더 빨리 움직여 이슬과 꽃술을 따냈다. 그러고는 망설임 없이 땅바닥으로 뛰어내렸다. 곧바로 거대한 그림자가 그의 뒤로 지기 시작했다. 라라는 즉시 움직임을 멈췄다.

'이대로 지나치길…… 제발!'

그러나 황천에서 흘러나오는 서슬 푸른 냉기는 그를 둘러싸고 침입자가 어떤 존재인지 살피기 시작했다. 라라는 벌벌 떨리는 몸의 떨림까지는 참지 못하는 대신에 숨을 가득 들이쉬었다. 그러고는 곧바로 여섯 라라가 남긴 호리병을 향해 돌진하기 시작했다.

"이노오오옴! 산 자가 예가 어디라고 왔느냐!"

라라는 흡사 천둥처럼 흩어지는 커다란 호통에도 몸을 날려 호리병들을 낚아 챙겼다. 그리고 범람하는 황천에 떠내려가지 않기 위해 필사적으로 내달렸다. 등 뒤에서는 쩌렁쩌렁한 무언가의 울음소리가 들리기까지 했다. 라라는 이제 정말 끝이구나 싶어 호리병을 품에 끌어안고 몸을 웅크렸다. 그 순간 곧 몸이 번쩍 들리는 느낌에 악 비명을 질렀다.

"라라야! 나야."

발이 땅에 닿으며 익숙한 목소리가 들렸다. 그때 단약의 묘술도 풀리기 시작했다. 눈을 뜬 라라 앞에는 몹시 커다란 몸집의 누군가가 서 있었다.

"재롱아!"

범을 실제로 본 것은 처음이었다. 라라는 놀라움을 감추지 않고 그를 이리저리 뜯어보았다. 그사이 황천은 다시 잠잠해진 채였다.

"이게…… 네 본모습인 거야?"

"그래. 이게 원래 내 모습이야."

"세상에! 귀여운 고양이인 줄 알았는데 완전 커!"

"때맞춰 여기까지 오려면 원래 내 모습대로 와야 했어."

라라는 고개를 끄덕였다. 그리고 갑자기 몸에 힘이 쭉 빠졌다. 긴장이 풀리고 피로가 한꺼번에 몰려든 탓이었다.

***

눈을 뜨니 빵집으로 돌아와 있었다. 휴식을 취하던 라라는 완성된 약이 작은 호리병에 담겨 자신 옆에 놓이는 걸 보자 가슴이 차가워지는 걸 느꼈다. 이제부터는 정말 어떤 일이 일어날지 아무도 알 수 없었다. 그러나 한 가지 확실한 건 자신에게 이 일의 성공 여부가 달렸다는 사실이었다. 자신은 모리가 내는 마음의 소리를 유일하게 들을 수 있고, 악몽 같은 기억을 지워낼 수 있는 사람이었으니 말이다.

"알았지, 모리야? 이번엔 나를 통과해서 그냥 지나가지 말고 그대로 머물러 있어야 해. 내가 너와 동화될 때까지 계속."

모리가 라라에게 다가와 낑낑거렸다. 마치 지금이라도 생각을 바꿀 마음이 없는지 묻는 것만 같았다. 하지만 라라는 웃으며 고개를 저었다.

"안 돼. 약속했잖아. 나도 널 튕겨내지 않도록 노력할 테니까 너도 우리가 하나 될 때까지 기다려야 해. 이해했지?"

라라가 다시금 당부했다. 마녀도 소파에 앉아 있는 라라의 손을 꼭 붙들며 당부했다.

"라라야, 안 되겠다 싶으면 빨리 영혼을 분리해야 해. 아직 시간이 좀 남아 있으니 다른 방법을 찾아낼 수 있을 거야. 절대로 무리하지 마. 알았지?"

재롱은 팔걸이 쪽으로 가서 라라의 옆구리를 파고들었다. 다들 라라의 상태가 조금이라도 이상하면 언제라도 모리의 영혼을 꺼낼 작정이었다.

"네. 저 이제 준비 다 됐어요."

"그럼 일단 묘약 한 모금을 마셔둬. 어느 정도로 나쁜 기억인지는 몰라도 미리 마셔두면 약간의 방어는 될 거야."

재롱의 지시에 따라 라라는 오른손을 들어 호리병을 쥐었다. 그리고 병마개를 따서 묘약을 한 모금 들이켰다. 약간 퀴퀴한 풀 맛이 나는 물약을 목구멍으로 넘기면서 인상을 썼다.

"모리야, 이제 너도 들어와."

모리는 라라의 얼굴 앞에서 커다란 눈을 두어 번 끔뻑거리다가 가슴 쪽으로 내려가서 심장 부근에 머물렀다. 그 순간 라라는 약 기운이 서서히 퍼지는 걸 느낄 수 있었다. 모리가 천천히 라라의 가슴속으로 스며들기 시작했다. 그들은 금세 동화됐다. 깜깜한 어둠을 지나 드디어 반려인 하준의 얼굴이 보였다. 그는 두 눈을 부드럽게 감고서 모리가 이끄는 대로 천천히 걸었다. 울퉁불퉁한 보도블록의 요철이 발가락 사이를 몇 차례 지나치자 양 갈래로 나뉜 길이 나왔다. 모리는 평소 다니던 신호등 쪽으로 능숙하게 방향을 틀었다. 그러자 전에 봤던 전경이 보이고 익숙한 냄새가 나기 시작했다.

'모리야, 우리 조금 더 뒤로. 신호등 앞으로 바로 가야겠어.'

그러자 모리는 스스로 어둡게 칠해둔 기억을 허물고 라라를 이끌기 시작했다. 라라의 의식이 모리의 의식을 빠르게 쫓아가 하나로 합쳤다. 신호등이 보이자마자 당장이라도 코를 틀어막고 싶었다. 라라는 눈꺼풀을 쉴 새 없이 깜빡거리며 코끝을 할짝거렸다.

'너무 달콤해서 지독해! 이건 인간들이 쓰는 화장품 냄새야!'

강아지의 놀라운 후각은 지금 맡는 냄새가 화학 물질들을 엉망으로 뭉쳐놓은 것이란 사실을 단박에 알아챌 수 있게 했다. 짙은 단내에 코가 완전히 마비될 때쯤 누군가 그의 앞으로 바짝 다가섰다. 평소와 같이 고개를 들어 상대를 확인하려던 순간, 갑자기 새카만 손바닥이 눈앞을 가려 덮쳤다.

'헉! 숨을 쉴 수가 없어!'

라라는 이맛살을 찌푸리고 손바닥 안에서 풍겨 나오는 다양한 동물들의 냄새를 맡았다.

'이건 셀 수도 없이 많은 이들이 죽어 남긴 냄새야!'

그와 동시에 강한 힘이 머릿속을 뒤흔들었다. 금세 동공이 커지며 당장이라도 숨이 멎어버릴 것만 같았다. 더 이상은 무리였다. 기억에서 빠져나와 눈을 뜬 라라는 재빨리 손에 쥐고 있던 호리병을 들어 약을 들이켰다. 걱정스러운 눈을 하고 그 모습을 지켜보던 마녀와 재롱에게 상황을 설명할 정신도 없었다. 그저 빨리 이 고통에서 벗어나고 싶어 여러 번 숨을 크게 들이쉬었다 내쉬었다. 그사이 기억의 일부가 조금씩 엳어지며 은은하게 안정감이 들기 시작했다.

"이제 좀 괜찮아졌어요. 묘약이 효능이 좋네요."

라라가 너스레를 떨며 웃자 마녀는 그의 이마에 맺힌 땀을 정성스럽게 닦아주었다. 안정을 되찾은 라라는 다시 기억 속으로 들어가보기로 했다. 마녀는 이번에도 라라의 손을 꽉 잡아주었다. 그 온기를 느끼며 라라는 한 번 더 천천히 눈을 감았다. 엄청난 힘이 혼을 끌어당기는 게 느껴졌다. 공포에 질린 몸은 자꾸만 굳어갔다. 제발 그만하라고 비명을 내지르고 싶었다. 하지만 목소리까지 빨려 들어가버리는 바람에 한 마디도 내뱉지 못하고 뻐끔거리기만 했다. 라라가 어금니를 꽉 깨물었다. 검은 손바닥은 이제 이마 쪽으로 더 가까이 다가와 달라붙었다. 더는 버틸 수 없다는 생각이 온몸을 지배했다.

'이대로 끌려가선 안 돼! 날 죽인 다음엔 우리 주인님을 해칠지도 몰라! 빨려 들어가선 안 돼!'

그 당시 모리가 느꼈던 절박함이 라라에게 와닿았다. 라라 눈에선 눈물이 흐르기 시작했다. 마지막까지 온 힘을 끌어 버티다 단 한 가닥의 영혼만을 유일하게 남겨놓고 최후의 위기가 찾아왔다. 이대로 끝인 건가? 머리가 멍해지기 시작했다.

"라라야! 라라야, 정신 차려! 라라야!"

라라는 자신을 애타게 부르는 목소리에 겨우 눈을 떴다. 눈물이 차오르다 이내 후두둑 떨어지자 마녀가 그를 대신해 호리병을 들고 입술에 묘약을 떨어뜨렸다.

"라라야, 이제 그만해. 그 정도면 됐어."

라라가 고개를 저었다. 이대로 그만두고 싶지 않았다.

"아뇨. 꼭 다 지워주고 싶어요. 이렇게 끔찍한 기억을 안고 떠나게 둘 수는 없어요."

"라라야!"

"제발요, 사장님. 이제 거의 다 된 거 같아요. 저 완전히 바닥난 기분이 들었거든요. 이제 마지막, 정말 죽기 직전의 기억만 남았어요. 그것만 지우면 모리는 오늘 반려인의 꿈에 제대로 나타날 거예요."

라라는 마녀의 손에서 호리병을 가져와 한두 모금의 묘약을 빼고 나머지를 다 마셔버렸다. 그런 다음 마녀를 향해 미소 지었다.

"제가 또 깨어나지 못하면 꼭 남은 묘약을 넣어주세요.

금방 돌아올게요.”

“너, 정말!”

마녀가 소리쳤다. 라라는 재롱이 낮게 그르렁거리는 소리를 들으면서 다시 기억 속으로 빠져들었다. 그런데 뭔가 조금 이상했다. 라라는 모리가 쓰러져 있는 모습을 조금 떨어진 허공에서 바라보고 있었다. 그 주위로 사람들이 몰려들었고, 반려인으로 보이는 남자가 울부짖고 있었다.

‘이게 아닌데…… 여기가 어디쯤이지? 이미 모리가 죽은 후인가? 아! 이것보다 좀 더 앞으로 가야 해!’

그 순간 히잉, 하고 우는 소리가 들렸다. 라라의 몸에 동화되어 있던 모리가 내는 소리였다. 라라가 죽음의 기억을 지우는 동안 잠잠하던 그가 라라에 대한 걱정으로 존재감을 내보이는 것이었다. 그는 라라에게 너무 몰입하지 말라는 신호를 보냈다.

‘괜찮아, 모리야. 난 무사해.’

그러자 필름을 감아 돌린 것처럼 빠르게 기억이 앞당겨졌다. 죽음 바로 직전의 순간이 나왔다.

‘이때의 기억만 완전히 지우면 끝나!’

하지만 바로 그때였다.

‘도망쳐!’

어둠 속으로 완전히 빨려들던 몸이 마치 파도에 부딪혀 밀리듯 급하게 튕겨져 나왔다.

'도망쳐! 어서, 빨리!'

누군가의 날카로운 외침이 들리던 그 순간, 아주 빠르고 높게 몸이 떠올랐다. 육체에 남아 있던 정기까지 모두 빠져나와 허공에 영혼이 뜬 것이었다.

"모리야!"

아래에서 또 다른 비명 소리가 들렸다. 하준이었다. 그의 주변에 있던 사람들이 놀라 웅성거리며 하나둘씩 현장을 에워싸기 시작했다. 그사이로 또 다른 목소리가 들렸다.

"라라야, 라라야!"

의식 저 너머에서 마녀가 부르는 소리가 들리기 시작했다. 그의 부름에 힘겹게 눈을 뜬 라라는 모리가 자신에게 분리되어 나온 것을 확인한 후 완전히 정신을 놓고 말았다. 다음 날 오후, 하준은 자신의 집을 찾아온 낯선 이들을 반갑게 맞아주었다. 전날 꾼 꿈에서 모리가 다른 부탁을 해왔기 때문이었다.

'내 친구들이 찾아가면 꼭 문을 열고 만나주세요.'

라라와 마녀는 하준의 안내를 따라 길고 두꺼운 꼬리로 케이크 상자를 퍽퍽 쳐대는 모리를 안고서 거실 소파에 앉았다. 라라 덕분에 죽음의 기억을 완전히 지운 모리는 어떤 둥둥이들보다도 명랑한 모습이었다. 라라는 그가 가진 원래의 성격을 알게 되어서 정말 다행이라고 생각했다. 그리고 다른 케이크 상자에 비해 높은 모리의 상자를 탁자 위에 내려놓았다.

"고구마케이크를 좀 가져왔어요. 한번 드셔보실래요?"

"아, 아뇨. 괜찮아요. 전……."

하준은 아주 생뚱맞은 첫마디라고 생각하면서 짧게 손사래를 쳤다. 하지만 라라는 하준의 정중한 거절을 뒤로하고 서둘러 케이크 상자를 열어버렸다. 다른 어떤 것보다 중요한 건 하준이 모리를 만나는 일이라고 생각하면서 말이다. 하준은 달콤한 고구마케이크 냄새를 맡자마자 낮게 탄성했다.

"모리……."

"마음껏 드세요. 그리고 행복한 시간 보내세요."

라라는 이제 케이크를 완전히 꺼내 준비해 온 포크를 그에게 쥐여주었다. 하준의 손을 살짝 잡아 케이크가 있는 쪽으로 안내하자 하준은 허겁지겁 케이크를 퍼먹기 시작했다. 이내 하준이 부드러운 미소를 지었다. 그의 콧속으로 빨려 들어갔다 나온 모리가 발밑에서 느껴졌기 때문이다.

"모리야, 우리 모리니?"

하준이 포크를 내려놓고 모리를 불렀다. 그런 후 모리의 이마가 있는 쪽으로 손을 옮겼다. 탄성이 흘러나오며 하준의 입술이 점점 떨렸다. 이내 속눈썹도 젖어 들어가기 시작했다.

"모리구나. 우리 모리가 진짜로 날 보러 왔어."

모리의 부드러운 이마를 쓰다듬던 그는 이내 무언가 떠올랐다는 듯 무릎을 쳤다. 감각적으로 예민한 하준이 모리의 마음을 누구보다 빠르게 읽은 것이었다. 그는 얼른 자리에서 일어나 레코드판을 뒤적였다. 그러더니 가장 때가 많이 탄 판을 꺼내서 플레이어 위에 올려놓았다.

"오늘은 네가 제일 좋아하는 왈츠로 가볼까?"

모리가 즐거운지 껑충 뛰었다. 하준은 웃으며 두 팔을 부드럽게 벌렸다. 발꿈치는 가까이, 발끝은 벌려 무릎을 굽히고 팔을 움직여 한 동작으로 일어났다. 모리도 두 다리를 쭉 뻗어 엉덩이를 뒤로 밀었다가 부드럽게 일어났다. 라라는 준비 동작을 하는 그들의 모습을 보며 하준이 시력을 잃기 전 무용수였다는 사실을 짐작할 수 있었다.

"이제 저와 함께 마지막 춤을 추시죠, 공주님."

모리가 경쾌하게 짖었다. 전주가 시작되자 하준의 입에서 "하나둘, 하나둘, 하나" 하고 구령이 붙었다. 그의 목소리가 완전히 공간을 채울 때쯤, 하준과 모리는 서로를 보며 쉬지 않고 웃었다. 그리고 모리가 빛이 되어 사라질 때까지 단 한 번도 동작을 멈추지 않았다.

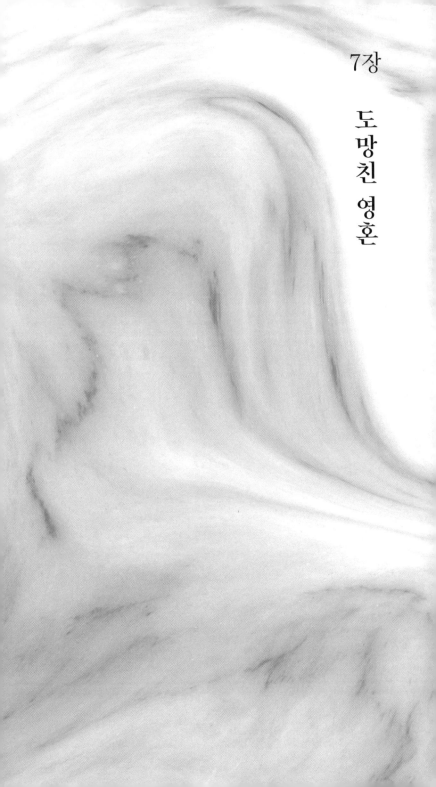

7장

도망친 영혼

하준을 만나고 다시 빵집으로 돌아온 라라와 마녀는 저승에서 임무 완수를 보고하고 돌아온 재롱의 이야기에 놀라움을 감추지 못했다.

"그러니까, 그 소문이 이번 일과 관련이 있다는 거네?"

"저승에서 흘러나오는 이야기를 슬쩍 들어보니 그렇더군."

"천계의 신들은 뭐래?"

"아직은 극비로 부쳐진 모양이야. 천계도 많이 당황스럽겠지. 그런 일이 발생하리라고 누가 예상이나 했겠어? 영생을 사는 신들도 우주 자연의 힘을 벗어날 수는 없어. 일정 수명을 다하면 다시 갓 태어난 아기로 변해서 자라고 늙어가지. 그런데 하필 수명 주기가 다해 어린아이가 되어버린 두려움의 신이 그 주변을 지나치게 된 거야."

"설마 그 신이 직접 악인을 풀어준 건 아니지?"

"안타깝지만 맞아. 뭐든 궁금해할 시기의 어린아이가 마침 천벌을 받고 있던 악인의 관 근처로 가게 됐고, 그 순간 악인은 본능적으로 알았지. 아주 선량한 존재가 자신 주변에 있다는 걸. 즉시 악인은 목소리를 꾸며내 어린 신에게 애원했어. 불쌍한 자신을 여기에서 제발 꺼내달라고. 순진한 신은 악인의 울부짖음을 듣고 그를 가엾게 여겼지. 그리고 그가 부탁한 대로 해제 주문을 외우고 관을 열어버린 거야."

"하…… 진짜 교활해."

"그 악인은 전생에 한 나라의 왕이었다고 해. 전쟁광으로 아주 유명한. 주변국들을 시도 때도 없이 침략해서 사람들을 살해하는 잔악한 자였지. 그렇게 타국을 점령하다 보니 욕심이 끝도 없어진 거야. 불로장생하며 권세를 영원히 누리고 싶어진 거지. 그러던 와중에 마침내 사악한 술법으로 영생을 사는 방법을 찾아냈어. 사람의 영혼이나 짐승의 영혼 중 갓 태어난 순수한 영혼을 가두고 주술을 걸어 수명을 늘리는 방법을 말이야."

"역시 내 감이 맞았어. 아무래도 사술을 쓰는 방식이 예사롭지 않더라니……."

"왜요? 전 지금 너무 끔찍해서 소름이 돋아요."

"보통 자신의 신체에 죽음의 공간을 만드는 경우는 몸 자체가 어둠과 악으로 똘똘 뭉쳐져야지만 가능해. 단 한 톨의 선함도 없다는 뜻이지. 그러려면 저런 고약한 악행도 불

7장 도망친 영혼

사해야 해.”

마녀가 입매를 단단히 다물며 미간을 좁혔다. 라라도 그 옆에서 잠시 침묵했다.

“진짜 드라마나 영화에서 보던 이야기 같아.”

마녀가 멍하니 중얼거리는 라라를 쳐다보자 라라가 말을 이었다.

“너무 현실감이 없어서요. 천계에서 벌을 받던 악인의 영혼이 누군가의 실수로 탈출하고, 모리의 죽음에도 관여한 정황이 있고……. 전 이런 일이 실제로 일어난다는 게 놀랍기도 하고 무섭기도 하고 그래요.”

“라라야, 너 집에 가서 좀 더 쉬는 게 어때?”

마녀가 라라의 등을 어루만지며 부드럽게 말했다. 모리의 기억을 지우기 위해 묘약을 마시고 그의 의식 속으로 들어갔던 라라는 자신에게 남은 잔상을 미처 지우지 못한 상태였다.

“아니에요. 어제 만들어주신 안정제 덕분에 지금은 많이 괜찮아졌어요. 단지 이 일이 생각보다 더 심상치 않다는 걸 느끼게 되니 마음이 무거울 뿐이에요. 실은…… 저도 할 얘기가 좀 있어요.”

마녀와 재롱이 서로를 쳐다봤다. 그리고 어서 말해보라는 듯 라라에게 시선을 뒀다.

“어제는 경황이 없어서 그냥 넘어갔지만 모리의 영혼이

검은 손바닥 안으로 전부 빨려 들어가기 직전, 또 다른 힘이 나타나서 그 일을 막았어요."

"또 다른 힘?"

"네. 누군가가 손안에서 빠져나오는 바람에 모리까지 같이 튕겨져 나왔어요. 그리고 빨리 도망치라는 소리를 들었고요."

"또 다른 영혼이 그 안에 살아 있었나 보군."

라라가 재롱을 보며 고개를 끄덕였다.

"아무래도 마지막 순간에 모리의 영혼을 삼키던 어둠의 공간이 더 넓게 열렸고, 그 틈으로 소멸되지 않은 다른 영혼이 빠져나온 모양이야."

"응, 그런 거 같아. 이건 내 느낌이긴 한데…… 아무래도 내가 그 영혼에 대해 뭔가 좀 아는 거 같아."

"뭐? 그걸 네가 어떻게?"

잠자코 있던 마녀가 놀라워했다.

"아, 어쩐지 뭔가 익숙하다 싶었거든요. 곰곰이 생각해 보니 저희 학교 근처에서 자주 보이던 까만 얼룩 고양이 녀석인 거 같아요. 애들이 고양이에게 먹이 주는 모습을 더러 봐와서 눈에 익어요. 그 녀석, 특이하게 꼬리가 짧고 둥글게 말려 있기도 했고……."

"확실한 거지?"

"네, 확실해요. 며칠 전 제가 비슷한 고양이를 뒷산 공동

7장 도망친 영혼

묘지에 묻어줬어요. 그때까지만 해도 같은 녀석일 거란 생각은 못 했었는데……. 이젠 확신이 들어요."

라라는 얼룩이를 볼 때마다 삼삼오오 모여 즐겁게 재잘거리던 아이들의 모습을 떠올렸다. 자신은 그 무리에 낄 수 없어 고양이를 봐도 관심 없는 척하기 일쑤였지만 이젠 그럴 수 없었다.

"아무튼 좀 더 알아볼 필요가 있을 거 같아요. 오늘 저녁에 공동묘지에 좀 가봐야겠어요."

"거길 왜?"

"얼룩이를 찾아서 이것저것 물어보려고요. 무슨 일이 있었던 건지, 혹시나 죽기 직전에 일을 기억하고 있는지. 그리고 또……."

"너! 설마 그걸 또 혼자서 하려는 건 아니겠지?"

마녀가 깜짝 놀라 소리쳤다. 라라가 들켰다는 표정을 지으며 웃었다.

"당연히 그럴 생각이었는데……. 하하."

"너어!"

마녀가 라라의 볼을 쥐어 잡았다. 라라는 짜부라진 채로 입술을 쭉 내밀어 소리쳤다.

"즘깐, 즘깐만여! 우리 다 따로 해야 할 일이 있단 말이에요!"

"따로 할 일?"

재롱이 묻자 라라는 잽싸게 마녀에게서 빠져나와 얼얼한 볼을 문질렀다.

"재롱이, 넌 지금 당장 저승으로 가서 그 악인에 대해 좀 더 알아봐줘. 특히 그자를 다시 봉인하려면 어떡해야 하는지 말이야."

"라라, 너! 그걸 알아서 또 어쩌려는 거야? 설마 네가 그 악인을 잡겠다는 거야?"

"필요하다면 그럴지도……."

"안 돼. 너무 위험해!"

"사장님, 일단 모든 대비를 다 해둬야 해요. 이미 일은 벌어진 걸요. 전 어쩐지 피할 수 없다는 예감이 들어요. 둥둥이들을 무사히 저승으로 보내는 게 제 임무잖아요."

"정말이지, 널 어쩌면 좋니."

마녀는 이제 자신이 아무리 뿔을 내도 라라를 막을 수 없다는 사실을 깨닫고는 체념한 얼굴이었다.

"이제 난 뭘 하면 되는데."

"사장님은 하준 아저씨를 다시 만나주세요. 모리가 죽던 날 특별히 기억나는 게 더 있는지, 혹시라도 이상한 점은 없었는지 전부 다요."

"정말 난 모르겠다. 이게 맞는 건지. 어쨌건 라라, 너 무슨 일이 있어도 혼자서 무모하게 굴지 않기야. 나랑 그것만은 약속해."

단호한 얼굴을 한 마녀는 라라에게 새끼손가락을 내밀었다. 라라는 뭐가 좋은지 헤헤거리며 그에게 손가락을 걸었다.

***

차가운 저녁 공기를 맞으며 판자촌이 모인 오르막길을 걸어 올라가면 하늘과 가장 가까운 낡은 동네가 달빛 아래 적막한 얼굴을 하고 나타났다. 익숙한 골목을 지나 허름한 빌라 입구를 가만히 들여다보던 라라는 조금 굳었던 얼굴을 풀어내고 걸음을 돌렸다. 그것은 집 안에 있는 가족들을 향한 일종의 인사이자 안부였으며, 앞으로 생길 일에 대한 불안감을 누그러뜨리기 위함이었다.

빌라 뒤 공동묘지로 넘어간 라라는 고요한 무덤가를 둘러보며 바스락거리기 시작했다. 그는 적당히 두꺼운 책을 땅 위에 내려놓고, 가방 속에서 연어로 만든 습식 캔과 북어포 등을 꺼내 놓았다. 그러고는 마녀가 챙겨준 정수를 사기그릇에 덜어 조금 따르고 향을 피웠다.

"이제 나와. 네가 이 근처에 있다는 걸 알고 있어."

하지만 무덤가는 땅바닥에 떨어진 낙엽만 굴러다닐 뿐 아주 조용했다. 찬바람이 을씨년스럽게 얼굴에 부딪혔다.

"난 너를 해치지 않아. 도와주고 싶어서 그래. 그러니까 나와봐. 괜찮아."

이후에 라라는 "애기야", "이쁜아", "얼룩아", "젖소야" 하며 고양이가 가진 온갖 별칭을 부르며 돌아다녔다. 그렇지만 향이 반 이상 타들어갈 때까지도 그는 나타날 기미를 보이지 않았다. 라라는 그에 굴하지 않고 마음을 다해 진심을 전하기 시작했다.

"너도 알지? 내가 너의 몸을 여기다가 묻어준 거. 그러니까 내가 널 돕겠다는 말은 거짓말이 아니야. 더구나 나는 마지막 순간에 네가 봤던 그 커다란 강아지를 무사히 저승으로 보내는 일도 해냈어. 그 말은 어쩌면 네가 이렇게 무덤가를 떠돌며 방황하지 않아도 된다는 소리야. 내 말이 무슨 말인지 알겠니?"

"저…… 정말이야?"

희미하고 떨리는 목소리가 적막을 깨고 들려오자 라라는 얼른 소리가 나는 쪽으로 몸을 돌렸다.

"정말 날 그곳으로 보내줄 수 있어?"

드디어 그가 모습을 드러냈다. 라라는 순간적으로 자기도 모르게 얼굴을 찌푸리고 말았다.

"근데 너…… 괜찮니?"

라라가 놀라 물었다. 그도 그럴 것이 얼룩이의 몰골은 말이 아니었다. 그의 영혼은 빛깔이 희미하다 못해 갈기갈기

찢겨 너덜거렸고, 날아다니는 모양도 온전하지 못했다.

"이렇게 숨어 있지 않으면 그가 날 찾아내서 진짜로 사라지게 만들 거야. 그런데…… 정말로 네가 날 저승으로 무사히 보내줄 수 있어? 난 이제 혼자 거기까지 어떻게 가야 하는지도 모르겠어. 너무 무서워서 여기서 한 발짝도 움직일 수 없어."

"그래, 맞아. 그랬을 거야. 난 그런 네 마음을 잘 알아."

"내 마음을 잘 안다고?"

"난 영혼의 기억을 보는 특별한 능력이 있어. 그래서 네가 마지막으로 봤던 강아지 모리가 가진 죽음의 기억을 전부 다 들여다볼 수 있었고. 거기서 너도 본 거야."

얼룩이의 눈동자가 흔들렸다. 쉽게 믿기지 않는 모양이었다.

"검은 손은 네 영혼을 빨아들여 가뒀어. 하지만 넌 모리의 영혼이 그 손으로 빨려 들어올 때 열린 차원의 틈으로 혼신의 힘을 다해 빠져나왔지. 아주 가까스로, 그리고 기적적으로."

설명을 들은 얼룩이는 경계를 풀고 라라의 곁으로 더 가까이 날아왔다.

"네 말이 다 맞아. 아주 희미하긴 했지만 빛 같은 게 보이길래 무작정 거기로 튀어 나갔어. 그때 있었던 일들을 생각만 하면…… 심장이 굳어버릴 것만 같아. 너무 끔찍해서 다시는 떠올리고 싶지 않아."

"그래, 직접 당한 건 아니지만 기억만 본 나도 아무렇지도 않은 건 아니었어. 그렇지만 말이야. 널 저승으로 무사히 보내기 위해서는 반드시 다시 그 기억들을 봐야 해."

"본다니…… 너 설마?"

"그래. 네가 두려워하는 바로 그 기억들. 그걸 통해 악인의 정체를 알아낸 다음 더 이상의 죽음을 막아야 해."

"세상에, 말도 안 돼! 그건…… 어려운 일이야! 정말 무서운 일이야!"

얼룩이의 영혼이 곧 꺼질 촛불처럼 불안하게 흔들렸다.

"누군가는 반드시 이런 일을 해야 해. 그게 꼭 내가 될 이유는 없지만 어쨌건 당장 이런 악행을 막아야만 해. 난 이대로 이 일을 두고 볼 수만은 없어. 너희 같은 순수한 영혼들이 끔찍하게 죽임을 당하는 일이 다신 일어나서는 안 된다고 생각해. 그러니까 얼룩아. 내가 네 기억을 읽을 수 있게 좀 도와줘."

라라는 얼룩이에게 기억을 보여주는 방법을 찬찬히 알려주었다. 그리고 얼른 호리병을 꺼내 들었다. 다행히도 그 안에는 마지막 망각의 약이 조금 남아 있었다.

포근하지만 사방이 닫혀 아주 어두운 곳에 도착했다. 여긴 어디지? 몸을 감싸고 있는 부드러운 공간이 누군가의 움직임으로 인해서 약하게 흔들렸다. 코앞에는 아주 먹음직스러운 먹이가 펼쳐져 있었다. 혀를 내밀어 조금 핥자 아주 좋은 풍미가 입안 가득 들어왔다. 마침내 까칠한 혀가 먹이 아래에 있던 부드러운 천에 닿아 거친 소리를 냈다. 가방 안인가? 라라는 몸집에 딱 들어맞아 빈틈 하나 없는 공간감을 느끼며 그럴지도 모른다고 생각했다. 그때 가방 너머로 누군가의 다급한 움직임이 느껴졌다. 이렇게 발걸음 소리가 크게 울리다니 분명히 어느 건물 내부인 게 틀림없었다. 대체 어디로 데려가는 거지? 라라는 얼룩이의 움직임을 따라 두리번거리며 의문을 가졌다.

얼마 더 지나자 가방 바닥이 가볍게 퉁 하고 울렸다. 정체 모를 누군가가 어딘가에 가방을 내려놓은 모양이었다. 그는 한참을 움직이지 않고 가만히 있었다. 야옹. 고요 속에서 느껴지는 불안감에 작게 소리를 내자 그가 가방을 약하게 퉁퉁 두드렸다. 그러자 알 수 없는 긴장감이 끼쳤다. 무언가를 직감한 얼룩이가 몸을 숙여 자세를 낮췄다. 라라도 어쩐지 자꾸 움츠러드는 기분이 들었다. 바로 그때, 가방을 뚫고 피아노 연주 소리가 흘러 들어왔다. 규칙적으로 울리는 선율이 라라에게도 아주 익숙한 음곡이었다. 곧 가방 문이 살짝 열렸다. 얼룩이는 양쪽 귀를 예민하게 팔락거리며 쉼 없이 코를 핥아댔다. 그러나 코끝은 점점 더 메마르기만 할 뿐이었다. 딴, 딴딴딴, 딴딴딴딴. 일정한 박자로 경건하게 울리는 피아노 소리가 부드럽고 편안했다. 하지만 그것은 분명히 무슨 일이 일어날 조짐이었다.

'짐노페디 2번이야.'

라라는 보배의 마지막을 축복하며 틀었던 곡이 지금과 같은 순간 흘러나오는 것에 차츰 소름이 끼치기 시작했다. 순수한 젊은이들이 모든 구속에서 벗어나 축제를 즐기며 벌거벗은 채 신전을 도는 장면에서 영감을 받은 아름다운 음악이 누군가의 죽음을 앞두고 연주된다니! 아무리 생각해봐도 기괴하고 섬뜩한 선곡이었다. 시간이 지날수록 음악 소리는 메아리치며 풍성하게 들렸다. 그러나 그럴수록 얼룩이의 가슴은 크게 요동쳤다. 그사이 라라는 악인이 가진 끔찍한 의도를 짐작해낼 수 있었다.

'그래, 지금 이자는 이 끔찍한 상황을 축제처럼 여기고 있는 거야!'

그런 생각이 들자 어쩐지 치가 떨렸다. 피가 머리끝까지 올라왔다가 손과 발 끝으로 빠져나가는 것만 같았다. 위험을 감지한 얼룩이가 공포에 질려 소리치기 시작했다. 그의 본능은 실로 정확했다. 그 즉시 지퍼 내려가는 소리가 들렸다. 유난히 길고 가느다란 손이 가방 사이를 비집고 들어왔다.

'윽! 또 그 역겨운 냄새야!'

라라는 여러 동물들의 체취를 가리기 위해 화학 향료로 범벅한 손을 피하려고 안간힘을 썼다. 그러자 기다란 손이 위치를 옮겨 얼룩이의 엉덩이 부근을 부드럽고 상냥하게 두드렸다. 그 행위가 오히려 더 큰 긴장감을 유발시켰다. 고운 피아노 소리는 그런 중에도 무심하게 흘러 후반부를 지나고 있었다. 결국 얼룩이의 입에서 애원의 울음소리가 흘러나왔다. 곧 아름다운 연주곡과 섞여 소음이 되기 시작했다. 그 순간 엉덩이를 두드리던 손이 옆구리로 넘어와 복부를 꽉 쥐었다. 곧바로 머릿속이 새하얘지며 저절로 비명이 튀어나왔다. 그러자 다급한 손길이 등장해 강제로 주둥이를 아프게 조였다. 우는 행위가 거슬렸던 모양인지 그는 신경질이 잔뜩 난 손길로 얼룩이의 머리를 세게 흔들기 시작했다. 숨이 막히고 정신을 차릴 수 없을 지경에 이르러서야 겨우 손이 떨어져 나갔다. 급하게 숨을 돌리던 그때, 손바닥이 다시 복부에 닿았다.

'절대로 끌려 나가선 안 돼!'

직감이 들자마자 발가락이 아릴 정도로 발톱을 바짝 세워 바닥에 있는 천에 박아 넣었다. 그사이 닫힌 부분의 지퍼가 마저 내려가면서 가방 문이 활짝 열렸다. 빠르게 나머지 한쪽 손이 들어왔다. 안 돼! 두 손이 겨드랑이 부근을 단단히

옭아매자 얼룩이는 발톱이 다 뜯겨 나갈 만큼 거세게 몸부림을 쳤다. 그러자 상대는 가소롭다는 듯이 웃음기를 머금고는 입안의 혀를 다정하게 차며 얼룩이를 달래기 시작했다.

'심지어 이 행위를 즐기고 있어!'

눈물이 핑 돌 만큼 막막했다. 모리가 겪은 공포와는 비교도 되지 않는 섬뜩함이 온 신경을 지배했다. 어떻게 이런 짓을 아무렇지도 않게 해낼 수 있을까? 라라는 마지막 망각의 약을 미리 마셔두지 않았더라면 정신이 얼마나 피폐해졌을지 상상도 하기 싫었다. 그 순간 고요가 찾아왔다. 연주곡이 끝난 것이다. 동시에 애써 붙들고 있던 가방이 완전히 치워졌다. 그러자 어둠 속 얼룩이의 시선으로 무언가 보이기 시작했다. 세면대, 초록색의 둥그런 비누, 약간의 지린내와 락스 냄새 그리고 거울 속에 비친 고양이와 또 다른 누군가!

"헉!"

눈을 뜬 라라는 결국 땅바닥에 주저앉아 엉덩방아를 찧고 말았다. 이마에 맺힌 땀도 제대로 닦지 못한 채 숨을 세차게 들이켰다 내쉬었지만 도저히 가슴이 진정되지 않았다.

"그자, 그자의…… 정체가!"

라라는 하얗게 질린 얼굴을 두 손으로 감쌌다. 이건 정말이지 말도 안 되는 일이었다.

7장 도망친 영혼

8장

평범한 소녀들

라라는 주머니에서 진동하는 폰을 꺼내 들었다. 마녀였다.

"어디니? 어떻게 됐어?"

마녀는 꽤나 다급한 목소리로 물었다.

"지금 학교예요."

"학교? 너, 거기서 혼자……."

"사장님, 일단 어떻게 됐는지부터 말씀 좀 해주실래요?"

라라가 말을 끊자 마녀는 짧게 한숨을 쉰 후 입을 열었다.

"네가 알아보라고 한 그대로야."

라라의 눈이 어둠 속에서 밝게 빛났다.

"하준 씨도 그날 누군가가 진하게 풍겨대는 단내가 거북할 정도였대. 그 사람은 모리가 살해당한 것도 모르는 눈치더라. 그저 갑작스럽게 심장마비가 와서 죽은 줄로만 알아."

"아…… 어쩌면 그나마 나은 일일 수도 있겠네요. 하준 아저씨한테는요."

"그래서 내가 특별히 더 손쓸 건 없었어."

라라가 전화기 사이로 고개를 끄덕였다.

"혹시 아저씨가 그게 어떤 냄새였는지는 말씀 안 하시던 가요?"

"아차! 내가 그걸 말하지 않았구나. 여자애들이 쓰는 딸 기 향 로션 같았다고 말했어."

"아, 딸기 향……."

라라는 의심이 확신으로 바뀌는 정황들 사이에서 마음 을 붙잡았다.

"근데 너, 왜 학교에 가 있는 거야? 거기서 대체 뭘 하길 래 혼자서…… 아니다. 그냥 기다려. 내가 갈 때까지 아무것 도 하지 말고."

라라는 자신을 걱정하는 마녀의 온기를 느끼며 굳은 얼 굴 사이에서도 피어나는 미소를 그대로 두었다.

"아뇨, 사장님은 따로 해주실 일이 있어요. 지금 저희 집 뒤 공동묘지에 모리와 함께 도망쳤던 얼룩 고양이가 있어요. 그 친구도 학생들에게서 꾸준히 보살핌을 받던 아이니까 어 쩌면 둥둥이가 될 수 있을 거예요. 오늘 자정까지 승천하지 못하면 영영 기회가 없을지도 몰라요. 그러니까 재롱이와 함 께 그 일을 좀 맡아주셨으면 해요. 부탁드릴게요."

마녀는 마지못해 그러겠다고 대답했다. 라라는 전화를 끊고 시간을 확인했다. 19시 58분. 자정까지 약 네 시간 정도

186   8장 평범한 소녀들

가 남아 있었다. 호흡을 가다듬은 라라는 음악실이라고 적힌 표지를 물끄러미 쳐다봤다. 그리고 반대편으로 고개를 돌려 얼룩이가 죽어간 여자 화장실 쪽으로도 시선을 뒀다. 복도 창문 사이로 달빛이 새어 들어와 어둠을 견디고 있었다. 라라는 이내 걸음을 옮기기 시작했다. 음악실 문손잡이를 잡은 손이 떨렸다. 그러나 더는 망설일 수 없어 그대로 문을 밀어 젖혔다. 그러자 역한 딸기 향이 진동했다. 달콤한 향이 나는 화장품으로 교묘하게 가려놓은 살해의 흔적들이란 생각에 닿자 저절로 이맛살이 찌푸려졌다. 상대는 그런 라라를 흥미롭다는 듯이 빤히 쳐다보고 있었다.

"모두 너였어."

"그래, 나였어."

예슬은 평범한 소녀의 웃는 낯으로 창틀 위에 올라앉아 대답했다. 라라는 천천히 교실 안으로 걸음을 옮겼다. 달빛에 은은하게 비친 검은 그랜드 피아노와 예슬의 모습이 소름 끼치게 아름다웠다. 하지만 그는 진짜 예슬이 아니었다.

"네가 누군지 어느 정도는 알아. 죄를 지어 천계의 벌을 받고 저승에 갇혀 있던 자."

"아주 잘 알고 있네? 내가 따로 설명할 필요도 없이. 그럼 혹시 내 이름도 알아?"

라라는 그의 눈을 피하지 않고 모른다고 대답했다. 그러자 그는 아주 날카롭게 깔깔거렸다.

"내 이름은 영정. 기억해줘. 오늘부터 절대 잊지 못할 이름이 될 테니까."

"됐고. 예슬이 몸엔 어떻게 들어간 거야?"

"그건 말이지. 우연 같았지만 그 또한 강한 운명이었지. 마치 날 오래도록 기다렸다가 만난 것처럼 이 아이는 너무나도 자연스럽게 날 찾아낸 거야."

라라는 이번에도 아무런 대꾸 없이 가만히 그를 지켜보기만 했다. 그는 이제 창틀에서 내려와 약간의 거리를 두고 바로 섰다.

"사람들은 말이야. 무언가를 간절히 바랄수록 대단한 힘을 찾아 기대. 이 어리고 예쁜 소녀도 그래서 날 필요로 한 거지."

"그게 무슨 말이지?"

"피아노 연주를 아주 잘하더라고. 그걸로 예술 고등학교라는 데를 간다며? 거길 들어가는 게 너무 어렵고 힘드니까 어디라도 기대고 싶었던 거지. 다행히도 난 이 아이의 간절한 소원쯤은 들어줄 힘이 있어. 그 정도는 내게 식은 죽 먹기거든."

그 순간 라라의 머릿속에 시험 기간만 되면 굉장히 예민해지던 예슬의 얼굴이 떠올랐다. 아직 중학생이지만 실기와 내신까지 챙겨야 하는 그가 때로는 안쓰러워 보일 정도였다. 어느 정도 상황 파악이 끝난 라라의 눈에 무언가가 들어왔다. 영정의 손목에 걸려 반짝거리고 있는 원석 팔찌. 소원을 이뤄주는 팔찌라며 여자애들 여럿이 차고 있었던 팔찌였다.

'저거였어! 저승에서 도망친 후 저기로 숨어들어 예슬이의 몸속으로 들어간 거구나.'

언젠가 마녀는 사악한 주술에 걸릴 수 있는 몇 가지 신비한 물건들에 대해 이야기해주면서 혹시라도 그런 것들을 보게 된다면 함부로 만지거나 거래해서는 안 된다고 했었다. 원석 팔찌도 그중 하나였다.

"왜 이렇게까지 하는 거야?"

라라가 도발적으로 물었다.

"그건 좀 바보 같은 질문이지 않아? 생각을 해봐. 나도 살려고 이러는 거잖아. 너도 알고 있을 텐데? 지금 내 상태가 어떤지. 난 내가 만든 완벽한 관에 갇혀서 영혼이 산산히 부서지는 불행을 겪었어. 아주 자존심 상할 일이지. 마치 내가 날 가두기 위해서 그 관을 만든 것처럼 되어버렸으니까. 이제 와서 생각해보면 정말 아이러니하지? 그런데 내 영혼이 전부 소멸해가던 그때, 마침 어린 신이 날 구하러 온 거야. 정말 그것도 참 아이러니지 않니? 행운이 다시 찾아와 내게 또 기회를 줬으니까."

라라는 기쁜 내색을 감추지 않고 말하는 영정의 한 마디한 마디가 불쾌해 참을 수 없었다. 그리고 바로 직감했다. 영정이 둥둥이들을 해쳐서 자신의 망가진 영혼을 부활시키려한다는 것을.

"왜 하필 둥둥이들이야?"

"그거야 그들이 누군가의 사랑을 잔뜩 받은 아주 순수한 영혼들이니까. 난 순수한 것들을 사랑하지. 과거에는 갓 태어난 아기가 받은 애정 어린 눈길들을 사랑했고, 지금은 둥둥이들이 살아 있을 때 받은 애정 어린 손길들을 사랑해. 처음엔 둥둥이들이 가진 영혼의 힘이 너무 맑고 강해서 접근조차 하기 어려웠지. 그래서 우선 길거리를 돌아다니는 작은 미물들을 죽여 힘을 키웠어."

"하…… 뭐?"

"이제 난 둥둥이들의 영혼을 전부 흡수하고도 남을 만큼 강해졌지. 기대가 아주 커. 둥둥이들이 내게 얼마나 큰 힘을 줄지. 그 힘을 모조리 다 흡수해 생을 다시 얻어낸 나는 얼마나 더 멋져질지 상상만 해도 너무 굉장하지 않니?"

영정은 기대에 찬 눈빛으로 라라와 똑바로 눈을 맞췄다. 라라는 절대로 그가 원하는 대로 되어선 안 된다고 생각하며 어금니를 꽉 다물었다. 그의 눈은 붉게 이글거렸으며 주먹은 바짝 그러쥐어진 상태였다. 그럼에도 불구하고 폭발하지 않기 위해 갖은 애를 썼다. 희생당한 수많은 영혼만 생각하면 분노가 치밀어 올랐지만 지금은 자신의 감정보다 영정을 어떻게 다시 붙잡아 가둘 수 있을지가 더 시급한 문제였다. 거기에 육신과 정신을 모두 지배당하고 있는 예슬이 다시 돌아오는 것까지도.

"혹시 보배도 네가 해친 거야?"

문득 그런 생각이 들었다. 물고기는 워낙 예민한 생물이니 갑자기 죽음을 맞는 경우도 많아 이상할 게 없다고만 생각했었는데 그러고 보니 보배 또한 가족들의 사랑을 잔뜩 받고 살았던 존재였다. 그러니 그의 죽음에도 영정이 개입했을 가능성이 컸다. 라라의 질문에 영정이 빙그레 웃었다.

"그걸 이제야 알아차리다니! 예상보다 너무 느려서 당황스러운데? 이 아이의 몸에 들어가서 내가 제일 쉽게 접근할 수 있는 존재가 바로 그 물고기였잖아. 그런데 네가 나까지 불러서 그 물고기의 장례를 치러줄 줄이야! 감히 누가 상상이라도 했겠어? 그래, 맞아. 내가 죽인 거야. 비록 정서 그 꼬맹이가 중간에 들이닥치는 바람에 영혼은 놓치고 말았지만 말이야."

라라는 아깝다며 입맛을 다시는 그를 보며 속으로 크게 탄식했다. 이런 악인의 정체를 왜 이제야 알아챘을까!

"거기다 그 커다란 강아지를 찾아낸 것도 정말 대단한 우연이었어. 어느 날 인간과 친밀하게 지내는 동물들을 취재하는 방송 프로그램을 본 거야. 난 요즘 그걸 아주 즐겨 봐. 그래야 어떤 동물들이 어떤 사랑을 받고 크는지 알 수 있으니까. 나름대로 조사도 하고 공부도 하는 거지. 그런데 모리라는 친구가 방송에 나온 거야. 거기서 눈먼 주인과 일상을 보내는 모습을 보는데 정말 눈물겨울 정도로 감동적이었지.

주인을 대신해 눈이 되어주고, 친구와 가족이 되어 의지처도 되어주고, 충성스럽고 사랑스럽기까지 해서 주인에게 무조건적인 사랑을 받고 지내더라? 그러니 그보다 더 확실한 타깃이 또 있을까? 내가 볼 때 그 강아지는 세상 최고의 사랑둥이야. 그런데……."

순간 영정이 차갑게 식은 표정으로 입가를 비죽거렸다.

"이번에도 또 변수가 생겨버렸네? 어떻게 지내? 그날 나와 모리의 첫 만남을 방해하고 도망쳐버린 그 얼룩 고양이 말이야. 분명 멀쩡하진 않을 텐데…… 어디로 갔는지 도저히 찾을 수가 없더라. 학생들에게 귀여움을 많이 받아서 그런지 내 힘도 빨리 회복되고 좋았었는데. 이럴 줄 알았으면 조금만 더 빨리 먹어버릴걸. 진짜 아깝다니까."

라라는 영정이 고백하는 사건의 전말을 들으면 들을수록 괴로운 마음이 더해졌다. 너무 순진하게만 보냈던 시간들 사이에 모두가 위험에 처해 있었다.

"그런데 말이야. 오늘 밤 무척 아름답지 않니? 저 달 좀 봐. 곧 보름달이 될 거 같아. 난 드디어 오늘에서야 성공을 눈앞에 두고 있지."

"성공?"

달을 보던 영정은 라라의 물음에 몸을 움직여 검은 그랜드 피아노 옆으로 다가갔다. 라라도 그를 따라 시선을 옮겼다. 영정은 달빛을 받아 반짝이는 피아노 위를 천천히 손으로 쓸어보다가 덮여 있는 피아노 뚜껑을 잡았다. 그가 뚜껑을 열자 안에서 하얀색 털 뭉치가 나왔다. 털 뭉치는 피아노 현 위에 가만히 누워 파들파들 떨고 있었다. 자세히 보니 아직 어린 티가 나는 하얀 고양이었다. 라라는 겨우 숨이 붙어 있는 어린 고양이를 보며 더할 수 없이 눈을 키우고 마른침을 삼켰다.

"뭐 하는 거야, 지금?"

라라가 잔뜩 가라앉은 목소리로 묻자 영정은 그를 힐끗 쳐다보며 웃었다. 그의 웃는 얼굴이 너무나 잔인해서 저절로 치가 떨릴 지경이었다. 영정은 이제 피아노 앞으로 다가가 건반을 만지작거렸다. 그러더니 자리에 앉아 건반을 누르며 연주를 하기 시작했다. 전주가 울리자마자 라라는 두 눈을 질끈 감아버렸다.

"그만해."

짐노페디 1번. 느리고 비통하게. 이 아름다운 곡은 점차 기괴하게 울려 퍼지기 시작했다. 현 위에 놓인 하얀 고양이로 인해 연주 중간중간이 묵음으로 비어버렸기 때문이었다.

"왜, 왜 이렇게까지 하는 거야! 도대체 네가 원하는 게 뭐야!"

라라는 더 이상 참지 못하고 소리 지르고 말았다. 그제야 영정이 피아노 연주를 멈췄다. 그리고 천천히 자리에서 일어나 피아노 가장자리를 다시 만지작거리기 시작했다.

"난 이 곡이 참 듣기 좋은데 넌 아닌가 보지? 네가 내게 이 곡의 일부를 들려주기도 했는데 말이야."

라라는 그날을 똑똑히 기억했다. 아름다운 음악과 수련, 보배와 마지막을 보내던 정서와 가족들의 정다운 웃음소리가 아련하지만 또렷하게 스쳐 지나갔다. 보배가 완전히 빛나 사라지던 그 순간, 연못의 물결을 따라 붉게 풀어지던 반투명한 네 개의 꼬리는 마치 그의 죽음를 기리기라도 하는 듯이 잔잔하게 춤을 추고 있었다. 그런데 이제와서 그것들이 전부 끔찍한 악몽의 시작이 되었다니!

"그날 이후부터 난 이 곡을 매일 들었어. 내 몸에 있는 이 아이가 어찌나 연주를 잘하던지 그때마다 아주 만족스러웠지. 짐노페디 1번, 느리고 비통하게. 2번, 느리고 슬프게. 3번, 느리고 장엄하게. 아아! 이렇게 죽음과 잘 어울리는 곡이 또 어디에 있을까?"

라라가 자신만의 감상에 젖은 영정을 뚫어지게 노려보기 시작했다.

"아니, 이 곡은 너무 순수해서 발가벗을 정도로 자유로운 이들을 위한 축제의 노래야! 너처럼 비열하고 잔악해서 결국 잡아 가둬야 하는 것과는 어울리지 않는!"

좀처럼 흥분을 감출 수 없었다. 영정은 라라의 그런 눈빛이 아주 마음에 든다는 표정이었다. 라라는 그의 의도대로 이성을 잃은 사실이 비참했지만 더는 그가 장난스럽게 악을

행하는 꼴을 가만히 보고 있을 수만은 없었다.

"아 참, 저 고양이 말이야. 내가 널 위해 특별히 준비한 선물이라는 것만 알아둬."

"그건 또 무슨 소리야?"

"그동안 네 험담을 가장 많이 했던 여자애 집에서 데려온 애거든. 저것의 영혼을 전부 다 빨아들이지 않으려고 내가 얼마나 애를 썼는지. 머리가 아주 쭈뼛할 지경이었다니까?"

"너 지금…… 세아네 고양이를 저렇게 만든 거야?"

"바로 맞추네? 맞아, 그 애의 고양이야. 학기 초에 네가 세아한테 준비물 빌려준다고 했다가 욕먹었던 거 기억하지? 길에서 주운 쓰레기를 준비물로 가져왔다고 걔가 얼마나 크게 네 흉을 보고 망신을 줬었니?"

"하, 미안하지만 세아가 그렇게 말했다고 해서 따로 응징을 바란 적은 없어. 그러니까 날 핑계로 삼아 이런 비열한 짓은 그만해."

"뭐야, 난 좋아할 줄 알았는데. 또 모르지, 속으론 엄청 좋아하고 있을지도. 너무 그러지 마. 인간은 원래 악한 존재야. 너 또한 어쩔 수 없는 인간이라고. 혹시나 조금 껄끄러워서 아닌 척하는 거라면 괜찮아. 내게 맡겨. 널 대신해서 내가 다 복수해줄 테니까."

말을 마친 영정은 피아노 케이스 중간으로 다가가 떨고 있는 고양이를 향해 손을 뻗기 시작했다.

"아, 안 돼!"

라라는 곧장 위험을 감지하고 몸을 던져 영정의 어깨를 붙잡아 돌렸다. 그 짧은 찰나, 영정의 웃는 얼굴이 보였다. 곧바로 그의 검은 손바닥이 뻗어 나와 라라의 이마를 짚었다. 라라가 그제야 그의 함정에 완전히 빠져버렸다는 사실을 알아챘다.

"그래, 너라면 이럴 줄 알았어. 아무리 당한 게 있어도 이 고양이를 모른 척할 수는 없겠지. 물론 이렇게 네 능력과 영혼을 다 뺏길 위험에 처한대도 말이야. 좋아, 그런 용기. 난 그런 미련함이 어쩐지 좀 재밌기도 하거든. 어쨌건 그런 의미로 널 특별히 초대하게. 타미가 있는 이 어둠 속으로."

"으윽……."

"저런, 제법 괴로운 표정이네? 이게 끝이라니 정말 아쉽다. 그래서 말인데 내가 한 가지 희망적인 얘기를 해줄까 해. 만일 타미와 만나게 되면 한번 물어는 봐. 너희가 이 손바닥 안에서 빠져나갈 방법이 있는지! 난 희망에 빠진 너희들을 보는 것도 꽤 재밌을 거 같거든!"

라라는 커지는 괴로움에 두 주먹을 바짝 쥐면서 영정의 마지막 말을 되새겼다. 어쩌면 정말 타미가 나갈 방법을 알고 있을지도 몰랐다. 악한 이들은 늘 그렇듯이 자신의 승리를 확신하면 크게 방심하고 만다. 라라는 그런 생각을 하며 눈을 감았다. 이제 정말 한계였다.

8장 평범한 소녀들

"으으······ 으아아아아아아악!"

라라는 마침내 튀어나온 자신의 비명에 즐거워하는 영정의 웃음소리를 듣다가 완전히 정신을 잃고 말았다.

***

겨우 눈을 떴지만 아무것도 보이지 않았다. 라라는 칠흑 같은 어둠 속에서 느껴지는 섬뜩한 기운에 양어깨를 움츠러뜨렸다. 그리고 죽은 동물들이 엉켜 내는 고약한 악취에 코를 쥐어 잡았다.

"새로운 아이가 왔어. 흰 고양이야."

"무서워. 너무 안됐어."

라라는 이들이 말하는 새로운 아이가 세아네 고양이인 걸 알아채고 소리가 들리는 쪽으로 고개를 돌렸다. 그러자 점점 시야가 밝아지더니 수많은 눈동자가 한꺼번에 보였다. 그들은 하나같이 두려움에 떨며 넋이 나간 표정을 짓고 있었다. 자신들이 무슨 일을 당했는지 정확히 알지 못한 채 암흑 속에서 조용히 몸을 사리는 중이었다.

"우린 곧 사라지고 말 거야."

"내 눈으로 똑똑히 봤어. 벌써 일곱 마리나 여기서 감쪽같이 사라지는 모습을!"

"맞아. 우리도 시간이 지나면 그렇게 될 거야. 완전히 먹혀버릴 거야."

"처음에는 조각이 나. 그러다가 그것들이 희미해지고 물렁해지다가 어느 순간 사라져."

"그리고 그렇게 사라지는 건 바로 우리들의 영혼이야!"

이들의 대화를 가만히 듣고 있던 라라는 서늘한 기운이 온몸을 감싸고 두려운 마음이 발바닥을 타고 올라오는 것을 느꼈다.

'무슨 일이 있어도 여길 다시 빠져나가야 해! 일단 타미부터 찾아야겠어.'

그때 구석에 있던 강아지가 고개를 들고 킁킁거리기 시작했다.

"뭐야? 우리 말고 또 다른 존재가 있어!"

"이건 인간…… 냄새야. 인간이 여기에 들어왔어!"

"가엾기도 해라. 인간까지 들어와서 부서질 운명에 처하다니!"

"인간이 잡아먹힐 정도면 우리는 이제 영영 여기서 나갈 가망이 없는 거야?"

라라는 점점 더 소란스러워지는 영혼들 속에서 조급해지기 시작했다.

"저기, 얘들아. 맞아. 난 인간이야. 근데 내가 어떻게든 여기서 빠져나갈 방법을 찾아낼 테니까 제발 새로 왔다는 흰 고양이가 어디에 있는지 좀 알려줄래?"

그 순간 약속이라도 한 듯이 고요해졌다. 눈동자들이 서로 힐끔거리며 눈치를 보더니 누군가가 약간의 흥분감과 의심스러운 기색을 내비치며 물었다.

"우리를 빠져나가게 해준다고? 진심이야?"

"그래, 반드시 그렇게 할 거야. 다들 날 좀 도와줘. 너희들도 알고 있지? 커다란 리트리버 한 마리와 얼룩 고양이 한 마리가 여기에서 빠져나간 일 말이야. 아마도 꽤 유명한 사건일 거야. 이번에도 그렇게 되도록 내가 만들어볼게. 여기 있는 모두와 함께."

라라의 말에 영혼들이 조금씩 술렁이기 시작했다. 이내 그들은 모리와 얼룩 고양이에 대한 이야기를 나누며 크게 떠들기 시작했다. 누군가가 라라의 눈앞으로 다시 나타나 물었다.

"우리가 어떻게 하면 돼? 그 고양이의 행방만 알려주면 되는 거야?"

"일단은 그러면 돼. 난 지금 그 고양이의 기억을 모조리 다 읽어야 하거든. 그래야 모두 빠져나갈 방법을 알아낼 수 있을 거야."

"기억을 읽어야 한다고?"

"그래, 하지만 지금은 설명해줄 수 없어. 시간이 없거든."

"알았어, 그럼 일단 날 따라와."

작은 영혼이 재빨리 움직이기 시작했다. 그를 따르던 라라는 이제 그가 어떤 이인지 알 수 있을 것만 같았다.

"너는 쥐구나?"

"맞아, 난 멧쥐야. 꽃과 곡식을 먹고 살아."

"그런데 어쩌다가……."

라라는 사라진 그의 긴 꼬리를 보며 낮게 탄식했다. 정말이지 어디까지 영정의 마수가 뻗친 건지 가늠도 할 수 없었다. 멧쥐를 따라 어둠 속으로 더 들어가자 눈동자만 보이던 이들의 형태가 서서히 선명해지기 시작했다. 영혼들은 하나같이 몸의 일부를 상실한 채 어둠 속을 부유하고 있었다. 그 모습은 얼룩이를 처음 봤을 때와 매우 흡사했다. 그러다가 겨우 눈동자만 굴리고 있는 몇몇이 보였다. 라라는 그 모습을 보자마자 저도 모르게 인상을 구겼다. 그들은 입까지 사라져버려서 아무런 말도 할 수 없었지만 누구보다 간절하게 마음의 소리를 내며 살려달라고 외치고 있었다. 라라는 이들의 외침 하나하나를 다 눌러 담기 시작했다. 그리고 반드시 이들 모두를 구해내고 말겠다고 다짐했다. 그사이 멧쥐는 작은 몸을 날쌔게 움직여 수많은 영혼들에게 일일이 세아의 고양이가 어디에 있는지 행방을 찾아 물었다. 라라는 앞장서 안내하는 그를 따라 더욱더 깊은 어둠 속으로 걸어 들어갔다.

"여기야. 이쯤에서 마지막으로 그 고양이를 봤대. 부르면 나올지도 몰라.”

“고마워. 아까 너희들에게 한 약속은 꼭 지킬게.”

멧쥐는 짧게 한 번 울더니 곧 소리 없이 사라졌다. 라라
는 이제 혼자였다. 그의 양옆에는 절망과 겁에 질린 눈동자
들이 길게 늘어서 있을 뿐 다른 특별함은 없었다. 하지만 오
히려 그게 더 이상했다. 라라는 불길한 감각을 느끼며 주위
를 다시 둘러봤다. 바로 그때, 라라의 발치에 있던 토끼의 입
술이 흐려지기 시작했다. 토끼는 놀라움과 두려움으로 비명
을 내지르기 시작했다. 입술이 완전히 사라지는 그 순간까지
도 말이다. 하지만 라라에게 그의 절규는 마치 물속에 잠겨
웅웅거리는 것처럼 아주 먹먹하게 들렸다.

‘가까운 이들의 소리도 이제 잘 들리지 않아. 벌써 능력
을 잃은 건가?’

그 사실을 깨닫자 마음이 급해졌다. 이대로 있다간 정말
로 모두 사라져버릴지도 몰랐다. 그러니 어느 때보다 정신을
바짝 차리고 마음을 가다듬어야 했다. 라라는 어둠 속을 바
쁘게 뒤지기 시작했다. 다행히 그가 방향을 잃고 헤맬 때마
다 구석구석에 웅크리고 있던 수많은 영혼들이 눈동자를 빛
내서 길잡이가 되어주었다.

“타미야, 타미야!”

깜깜한 어둠 속을 정신없이 달리던 라라는 옅은 고양이
울음소리를 포착하고 그쪽으로 재빨리 달려갔다. 드디어 몸

을 잔뜩 웅크린 채 떨고 있는 흰 고양이가 눈앞에 보였다.

"타미야!"

"누구야? 세아야?"

"난 세아가 아니야. 세아는…… 내 친구야."

친구라는 말이 입에 붙지 않아 얼굴을 일그러뜨린 라라는 어둠이 짙어서 오히려 다행이라고 생각했다.

"언니 친구라고? 안 돼! 오지 마, 오지 마!"

"타미야, 겁 먹지 마! 난 지금 널 구하러 온 거야!"

"구한다고? 그, 그럼 그 친구 언니는 아닌가 봐. 그 언니는 날 다 빨아 먹겠다고 했는데…… 정말 너무 무서웠어."

결국 타미는 울음을 터트리고 말았다. 라라가 그의 곁에 다가가서 몸을 토닥여주었다.

"난 이제 곧 쟤들처럼 사라지고 말 텐데…… 우리 언니는 끝까지 날 찾으러 오지 않겠지?"

"그게 무슨 소리야? 세아는 지금 널 애타게 찾고 있어!"

"아니야. 그 무서운 언니가 그랬어. 우리 언니가 날 버렸다고. 날 그 언니한테 그냥 줘버린 거라고 그랬다고. 난 왜 자꾸 버림받는 걸까? 내가 사랑하는 사람들은 왜 날 이렇게 버리는 걸까? 어쩌면 이대로 내가 사라지는 게 모두를 위한 일인지도 몰라……."

"말도 안 돼! 세아는 널 절대로 버리지 않아! 다 예슬이 몸에 들어간 영정이 한 거짓말이라고!"

"거짓말? 그렇다면 우리 언니는 왜 아직도 날 찾아오지 않는 거야?"

"그건 말이야. 이 일은 세아에겐 너무 어렵고 위험해서 그래. 그래서 내가 세아의 부탁을 받고 여기까지 온 거야. 난 널 구할 수 있는 특별한 능력이 있거든."

"특별한 능력?"

"그래, 지금도 봐. 인간인 내가 너와 아무런 문제 없이 대화를 나누고 있잖아."

"그러고 보니…… 정말 그렇네?"

"그러니까 지금부터 내 말 잘 들어. 예슬이 몸에 들어가 있는 영정이란 나쁜 놈이 내가 어둠 속으로 빨려 들어올 때 그런 말을 했어. 널 만나게 되면 나갈 방법이 있는지 물어보라고."

"뭐? 미안하지만 난 그런 방법 같은 건 몰라. 아무리 여길 벗어나려고 애써봐도 이 지긋지긋한 캄캄함에서 벗어날 수 없었어."

"알아. 그래서 하는 말인데 날 좀 도와줄래? 네 기억 속으로 들어가서 내가 실마리를 찾아볼게."

"내 기억 속에서 그런 걸 찾는다고? 그게 어떻게 가능하다는 거야?"

"난 가능해. 그게 내 특별한 능력이니까."

타미는 도무지 믿을 수 없다는 눈빛이었다.

"그래, 내 말을 바로 믿지는 못하겠지. 그렇다면 확인해봐. 지금 당장 내 몸을 통과해서 지나가. 그러면 네가 가진 마지막 기억을 내가 맞춰볼게."

그럼에도 불구하고 여전히 주춤거리는 타미를 향해 라라는 천천히 고개를 눌러 끄덕였다. 타미는 그제서야 조금씩 몸을 움직여 라라의 배를 통과했다. 라라는 곧장 가장 최근 기억을 골라 그 안으로 들어갔다. 그러자 예슬의 얼굴을 한 영정이 바로 보였다. 영정은 무언가 뜻대로 되지 않는지 욕지기를 내뱉으며 얼굴을 구기고 있었다.

"젠장, 왜 더 빨아들여지지 않는 거야? 이 고양이 보통이 아닌데?"

다시 돌아온 라라가 나직하게 읊조리자 타미는 깜짝 놀라 소리를 냈다. 그러고는 라라의 앞으로 가까이 다가와 그의 얼굴을 자세히 살피기 시작했다.

"정말로 내 기억을 읽을 줄 알잖아?"

"그래. 네가 얼마나 두려워했는지도 알 수 있어."

"난 이제 어떡하면 돼? 다시 언니 몸을 통과해주면 되는 거야?"

"아니. 이번엔 내 몸속에 들어와서 나와 하나가 될 때까지 차분히 기다려줘. 그다음은 내가 알아서 할게."

8장 평범한 소녀들

*****

라라는 매캐한 냄새가 나는 축축한 지하 주차장 안의 시동
이 꺼진 자동차 옆에서 몸을 웅크리고 있었다. 그러던 중에
저쪽에서부터 누군가의 발소리가 들렸다. 양쪽 귀를 바짝 세
우고 소리의 주인공을 가늠하던 중 반가운 마음이 확 튀어나
왔다.

'드디어 왔다!'

곧바로 쪼르르 달려가보니 어린 고양이 전용 캔을 들고
있는 세아가 앞에 서 있었다.

"또 주워 갔어! 네 집."

"야옹."

"뭐가 좋다고 그렇게 귀엽게 울어. 내가 애써 만들어준
집인데 폐지 줍는 아저씨가 또 다 주워 갔잖아! 가까이 오면
사납게 소리를 치래도!"

그러더니 세아는 부모님께 아직 말하지 못해서 미안하
다고 말했다. 집에 데리고 가서 키울 수 있다면 버려진 상자
따위로 집을 지어주지 않아도 될 거라고. 라라는 그제서야
세아가 자신에게 못되게 군 이유를 조금은 알 것 같았다. 세
아와의 첫 만남이 어땠는지 알기 위해서 더 어릴 적 기억으
로 넘어간 라라는 타미가 새끼일 때 유기된 사건을 함께 겪
었다. 늦은 밤 다른 동네까지 가서 몰래 자신을 버리던 마지

막 손길이 너무 매정해서 화가 나고 아팠다. 그 후 며칠 밤을 헤매다 겨우 찾아 들어간 아파트 지하 주차장에서 세아를 만났다.

"아기 고양이야, 이리 와봐."

라라는 다정한 한마디에 타미가 그랬던 것처럼 울어버렸다. 더는 쌀쌀한 밤 거리를 돌아다니지 않아도, 작은 배를 곯지 않아도 되었다. 그렇게 평화롭던 나날이 지나고 어느새 후덥지근해진 8월, 장마가 찾아왔다. 새벽부터 쏟아지던 빗줄기는 오후가 되자 더 거세져 세아네 아파트 지하 주차장 안으로 서서히 들이치기 시작했다. 무섭지만 분명히 세아 언니가 자신을 찾아와줄 거라 믿고 움직이지 않는 어린 고양이의 순진한 판단에 라라는 심장이 덜컹거렸다. 불길함은 곧 현실이 되었다. 어느새 주차장 모든 곳에 자박하게 물이 들어차서 어디에도 발을 붙이고 서 있기가 어려웠다. 삽시간에 물이 더 차오르더니 이내 작은 몸이 둥둥 뜨기 시작했다. 호흡이 가빠졌다. 숨을 쉴 때마다 코로 물이 들어와 따갑기까지 했다. 한참을 허우적거리며 주차장 어딘가를 빙글빙글 돌다가 점점 힘이 빠졌다. 라라는 까무룩 정신을 잃고 말았다.

"죽지 마! 죽으면 안 돼! 타미야, 정신 차려!"

누군가의 다급한 목소리가 들려왔다. 가쁜 숨결과 발자국 소리도 함께 들렸다. 겨우 뜬 눈 사이로 세아의 턱이 보였다. 라라는 그제야 안도해 다시 눈을 감았다. 그리고 그것을 시작으로 더욱 빠르게 기억을 훑어나가기 시작했다. 쉽게 깨어나지 못하는 타미를 붙들고 울음을 터트린 세아를 달래던 부모님의 걱정스러운 얼굴과 살아난 타미가 거실 소파에서 가족들의 사랑을 담뿍 받는 장면들이 차례대로 지나갔다. 몇 가지 기억이 후루룩 넘어간 어느 지점에 침대에 누워 기운 없는 모습을 한 세아가 나왔다. 야옹 소리를 내며 침대 위로 폴짝 오른 타미가 세아의 곁으로 조심스럽게 다가가 그의 배가 있는 쪽으로 몸을 말아 넣었다. 점차 시간이 지날수록 타미가 주는 사랑으로 세아의 몸과 마음이 치유되고 있었다. 세아는 배를 움켜잡고 있던 팔을 풀어 타미와 더 바짝 붙었다. 둘의 온기가 한데 뭉쳤다. 라라는 부글거리던 세아의 배가 점점 잠잠해지는 걸 느끼며 그들 사이에 흐르는 따스한 기운을 감지했다. 그 기운은 라라가 봐왔던 어떤 힘보다 강력했다.

"타미야, 나한테 와줘서 고마워. 네 덕분에 아픈 것도 다나은 거 같아. 사랑해, 타미야. 내가 앞으로도 꼭 행복하게 해줄게."

보들보들한 털을 부드럽게 쓸어내리는 세아의 손길에서 고마움이 느껴졌다.

'타미야, 이거야! 이 사랑스러운 치유! 이것 때문에 영정에게 영혼을 다 빼앗기지 않고 살아남을 수 있었던 거야. 그러니까 이런 세아의 마음을 절대로 의심하지 마!'

207

라라는 영정이 타미의 영혼을 다 빨아들이지 않고 일부러 남겨두었다는 말이 거짓임을 알았다. 아마도 그는 이 깊고 두터운 애정의 힘을 끝내 어둠으로 바꾸지 못했을 것이다. 그 사실을 깨닫는 순간 라라는 자신의 몸 전체가 꼭 빛 덩어리가 되는 기분이 들었다. 그것은 자신의 몸속에 있는 타미로부터 발하는 맑고 깨끗한 기운이었다. 라라는 어쩐지 그와 지금 분리되어야 한다는 감각이 느껴졌다. 라라의 판단은 적중했다. 영혼이 분리되자마자 타미는 영정의 거대한 어둠을 삼켜버릴 정도로 환한 빛을 내며 그곳에 있던 수많은 영혼들을 하나씩 끌어모으기 시작했다. 그리고 아주 빠른 속도로 빛을 키워 어둠이라곤 한 톨도 남지 않게 만들었다. 그러자 그때부터 바깥의 상황이 보이기 시작했다. 영정은 라라를 빨아들인 것도 모자라 타미의 나머지 영혼까지 빨아들이려고 애쓰는 중이었다.

"저기 좀 봐! 내가 보여!"

"나도 보여! 왠지 지금인 거 같아. 타미야, 어서 밖으로 나가. 이들을 데리고 어서!"

"지금이라고? 그렇지만 넌 어떡하고?"

타미가 걱정스러운 얼굴을 하고 물었다. 어쩐 일인지 라라는 아직까지도 그의 빛 속으로 들어가지 못한 상태였다.

"난 특별한 능력이 있잖아. 그러니까 걱정 말고 어서 나가. 나도 곧 따라갈게."

라라의 장담에도 불구하고 눈이 부실 만큼 환한 빛 덩어리는 계속해서 주춤거렸다. 라라는 타미에게 고개를 크게 끄덕여주었다. 그러자 마침내 커다란 빛은 거대한 행성이 폭발하듯이 크게 퍼져 끔찍한 어둠의 공간을 빠르게 빠져나가기 시작했다.

"아…… 정말 다행이다."

강한 섬광이 지나간 자리에는 라라만이 혼자 남았다. 영정이 손바닥을 급하게 꽉 오므리는 바람에 이제 더는 바깥 상황이 어떤지 보이지 않았다. 다시 깊은 어둠 속에 빠진 라라는 우두커니 서서 주변의 상황을 빠르게 파악하기 시작했다.

'윽!'

갑작스럽게 찾아온 고통에 라라가 입술을 꽉 깨물었다. 이미 경험해봐서 아는 고통이었다. 라라의 영혼이 망가져가고 있었다.

'숨쉬기가 힘들어.'

라라는 자신의 거의 모든 능력을 영정에게 빼앗겼다는 사실을 인지했다. 점차 힘이 빠지는 몸과 자꾸만 나른해지는 의식을 느끼며 더는 서 있기 힘든 몸을 바닥에 눕혔다.

'졸려…… 그렇지만 아직 끝난 게 아니야. 밖에 있는 이들이 또다시 잡혀 들어올 수도 있다고. 그러니까 정신을 똑바로 차려야 해. 지금 밖으로 나가서 그들은 도와줘야 하는

데. 그런데 자꾸만 눈이 감겨. 나는 이대로 끝이 나는 걸까? 엄마…… 나 어쩌면 엄마한테 가야 하는 건지도 몰라요. 아빠, 잘 지내고 있지? 할머니 그리고 내 동생 라송아…… 보고 싶어. 사장님, 재롱아…… 나 좀 여기서 꺼내줘. 둥둥이들아…… 난 더 이상 무리야. 미안해, 이젠 도저히 못 버티겠어. 근데 나 이대로 죽고 싶지 않아. 나도 아직 해보고 싶은 게 너무 많은데. 다른 애들처럼 평범하게…… 평범하게 살고 싶은데…….'

바로 그 순간이었다. 라라는 마치 철로 된 금속이 자석에 달라붙을 때처럼 자신의 몸이 강하게 밖으로 이끌려 가는 것을 느끼며 눈을 떴다. 그리고 피아노 쪽으로 저만치 널브러져 있는 영정을 보았다. 영정이 자신의 손바닥을 보며 소리쳤다.

"헉! 어떻게 네가 빠져나온 거지?"

라라는 호흡을 크게 들이켠 후 천천히 그에게 다가섰다.

"여긴 학교니까."

"그게 무슨 소리지? 분명히 내가 너의 능력을 다 빨아들이고 영혼까지 잠식하려던 중이었는데. 이게, 이게 대체 어떻게 된 일이지? 지금까지 뺏어온 능력의 힘도 느껴지질 않잖아?"

"그럴 거야. 내가 다시 그 힘을 가져왔으니까."

"어떻게…… 한 거지?"

"별거 아니야. 내가 계약 조건을 아주 끝내주게 적었기 때문이지."

"뭐?"

"알바를 시작하기 전에 천계가 내린 계약서로 고용 계약을 맺었어. 거기엔 특별한 조항이 붙었지. 학교에서만큼은 평범하게 지내고 싶다고. 그게 바로 지금 이루어진 거야."

"학교에서만큼은? 그게 네가 여기서 빠져나올 수 있었던 것과 무슨 상관이지?"

"난 여기에서만큼은 아주 평범한 애니까. 그걸 누구도 침범할 수는 없어. 이건 여태껏 내가 둥둥이들을 저승으로 보내면서 얻은 보상이나 다름없어. 그러니까 애초에 넌 장소를 잘못 택한 거야. 하늘은 언제나 악에게 불공정해. 우연으로라도 반드시 승리할 기회를 빼앗고 말지. 지금 이 순간처럼."

"하, 이 건방진!"

영정이 분한지 라라를 바짝 노려보기 시작했다. 이내 몸을 천천히 일으켰다. 라라는 그가 할 다음 행동을 주시하느라 온 신경을 곤두세웠다. 라라의 뒤에는 미리 도망쳐 나온 영혼 덩어리들이 둥둥 떠다니고 있었다. 그런데 바로 그때였다. 영정의 뒤로 누군가가 보였다.

'저런! 타미야. 너 대체 왜 거기에!'

영정이 혼란해하는 틈 사이에 자신의 육체를 다시 찾

기 위해 몰래 다가갔던 타미가 영정이 자리에서 일어나자마자 그대로 얼어붙었다. 허공에 떠서 벌벌 떠는 타미의 모습을 조마조마하게 지켜보던 라라는 영정의 주의를 끌 방법을 생각해내느라 뒷덜미에서 땀이 흐르기 시작했다. 때마침 영정이 벽에 걸린 시계를 쳐다봤다. 21시 23분. 자정이 머지않았다.

"곧 네 친구들이 몰려오겠네? 이번엔 내가 아주 보기 좋게 진 걸로 치지. 오늘은 그냥 물러서야겠어."

라라는 그의 선언에 쥐었던 주먹을 조금씩 풀어냈다.

"그런데 말이야. 아무리 그래도……."

영정이 갑자기 뜸을 들였다. 라라는 그의 눈에 번뜩 어리는 광기를 발견하고 위기를 감지했다. 그런 찰나, 갑자기 영정이 몸을 돌려 타미를 향해 팔을 뻗기 시작했다.

"이 고양이만큼을 내가 다시 먹어야겠어!"

"안 돼!"

라라가 또다시 몸을 날렸다. 바로 그때, 그의 앞으로 불길이 지나가며 사이를 갈랐다. 불길은 날쌔게 갈라지더니 곧 영정의 주위를 휘감았다. 그러자 예슬의 허리가 크게 굽혀지며 구역질이 시작됐다. 괴로워 얼굴이 엉망이 된 예슬의 입속에서 검은 연기가 피어나더니 곧 무언가가 튀어나오기 시작했다. 라라는 너무 놀라 그가 있는 쪽으로 몸을 움직였다.

"아직 다가가지 마."

"사장님!"

마녀가 뒤에 바짝 붙어 라라의 팔을 붙잡았다.

"저 친구는 괜찮을 테니 일단 좀 놔둬. 그나저나 너는 괜찮니? 어디 다친 데는 없어?"

"괜찮아요. 타이밍이 너무 좋아서 다칠 틈이 없었어요."

"다행이야."

마녀가 라라의 상태를 살피며 안도하던 사이, 끔찍한 괴성이 음악실 안을 울렸다. 낭랑한 예슬의 목소리가 아닌 진짜 영정의 거칠고 끔찍한 목소리였다. 그는 어느새 예슬의 몸에서 완전히 빠져나와 둥그스름한 연기 덩어리가 되어 있었다. 검은 덩어리는 갑자기 나타난 불덩어리에 단단히 잡혀 옥죄어지기 시작했다.

"저건 불가살 불이야. 죽지 않는 불이라 내가 끄지 않으면 절대로 끌 수 없어."

"하지만 이러다가 주변이 다 타버리겠어요."

라라가 걱정한 그대로였다. 영정이 괴로워하며 교실 여기저기로 튀어 다니는 바람에 강렬한 불티가 사방으로 흩날리기 시작했다. 다른 영혼들은 그것을 피해 뿔뿔이 흩어져 벽에 바짝 달라 붙어 있었다.

"걱정하지 마. 불티들은 바닥으로 떨어지면서 바로 사그라질 거야. 불가살 불은 악몽이나 악인을 퇴치할 때 쓰는 불이거든."

"아…… 그래서 예슬이 몸 안에 있던 영정이 튀어나온 거군요."

마녀가 고개를 끄덕였다. 그의 말대로 다른 물건에 붙은 불가살 불은 금방 꺼졌다.

"그래도 조심해. 저 불덩이 자체는 무척 뜨거운 게 맞거든. 가까이 다가가지 않는 게 좋아."

이글이글 타오르는 불덩어리 안에서 영정의 비명이 점점 더 높아져갔다.

"아무래도 예슬이를 안전한 곳으로 옮기는 게 좋겠어요. 저러다가 불덩이가 떨어지기라도 하면 큰일이니까요."

"그래, 그러자."

라라와 마녀가 예슬의 곁으로 다가가 그의 몸을 잡아끌었다. 축 늘어진 예슬의 얼굴이 아주 창백했다. 교실의 구석으로 예슬을 옮기고 호흡과 체온부터 살폈다. 그때였다. 불덩어리 안에서 최후의 힘을 모두 끌어모은 영정이 두 눈을 부릅떴다. 그러고는 눈동자를 굴려 시선을 한군데로 모았다. 거기에는 라라의 뒤통수가 있었다. 날카로운 괴성과 함께 그가 라라에게로 순식간에 달려들었다.

'엎드려!'

라라의 머릿속에서 천둥 같은 목소리가 울리며 저절로 몸이 움직였다. 그와 동시에 뜨거운 열기가 머리 위로 스쳐 지나갔다. 라라는 벽면에 세게 부딪혀 반대로 튕겨 나간 영정의 불덩이를 그제서야 알아채며, 그사이 재롱이 던져준 관을 빠르게 주워 들었다.

'라라야! 손바닥으로 관에 그려진 열두 마리의 동물 중 용, 양, 개, 소를 차례대로 찾아서 쳐! 그런 다음 영정을 향해 너의 묫자리로 돌아가라고 크게 외쳐!'

재롱의 목소리가 다시 온몸을 울렸다. 라라는 곧바로 각 진 축구공 모양의 관을 붙잡고 이리저리 돌려 재롱이 말한 동물들을 찾기 시작했다. 그러나 벌벌 떨리는 손에서 관이 자꾸 미끄러지는 바람에 일이 쉽지 않았다.

"가만두지 않아……."

불덩어리에 싸인 영정의 타는 목소리가 고전하는 라라의 귀에 간간이 들렸다. 또다시 자신을 공격할 준비를 하는 그를 보며 라라는 마른침을 삼켰다. 침착해야 한다고 되뇌었지만 그럴수록 심장이 더 쪼그라들었다. 용, 개, 소, 그리고…… 그가 겨우 세 번째 동물을 찾았을 때 갑자기 등줄기를 타고 소름이 돋았다. 불길한 예감에 고개를 든 라라는 팻대 선 영정과 눈이 마주치고 말았다. 그와 동시에 영정이 입을 크게 벌려 거칠게 소리쳤다.

"가만두지 않아아아아아악!"

처절하다시피한 악다구니가 라라를 향해 빠른 속도로 달려들기 시작했다.

"라라야! 피해!"

라라는 마녀의 다급한 외침에도 불구하고 그대로 서서 마지막 순간까지 그림을 찾았다. 마침내 양을 찾아내자 빠르게 그곳을 내려친 후, 두 눈을 크게 뜨고 힘껏 외쳤다.

"영정! 너의 못자리로 돌아가라!"

라라의 외침과 동시에 관이 그의 손을 벗어나며 반으로 갈라졌다. 그러고는 바로 앞에서 이글이글 타고 있는 영정의 불꽃을 빠르게 감싸 눌러 강하게 압축하기 시작했다. 어느 것에도 비할 수 없을 기괴한 울음소리가 울려 퍼졌다. 교실에 있는 모두가 귀를 막고 괴로워할 정도로 끔찍한 비명이었다. 영정은 관이 완전히 닫힐 때까지 소리를 질러댔고, 관이 닫힌 후에도 멈추지 않고 진동했다. 온몸이 땀으로 흠뻑 젖은 라라는 그대로 주저앉았다. 정말이지 아슬아슬한 승리였다.

***

라라는 꽁꽁 언 손을 쥐었다 놓으며 빵집 문을 힘차게 열었다. 자신을 맞이하는 마녀와 재롱, 그리고 둥둥이들에게 차례로 환하게 웃어주었다.

"방학식은 잘했고?"

"네! 사장님, 혹시 어제 하준 아저씨 첫 방송 보셨어요?"

"아니, 아직. 너랑 같이 보려고 기다렸어."

"정말요? 지금 우리 반 애들은 난리예요! 아저씨가 진짜 멋있게 나오나 봐요. 벌써 팬이 된 애들도 있다니까요?"

라라는 하준이 댄스 경연 대회에 나간다는 소식을 들었을 때 최근에 자신에게 일어난 어떤 일보다 설레고 기뻤다. 방송 마지막 순서에 나온 하준은 검은 천으로 두 눈을 가리고 춤선이 최대한 잘 드러날 수 있는 부드럽고 하늘거리는 옷을 입었다. 그의 긴장한 얼굴이 태블릿 화면에 가득 잡혔다. 라라도 그가 어떤 춤을 보여줄지 기대하며 화면에서 눈을 떼지 않았다. 하준은 긴 다리를 곧게 뻗으며 무반주로 동작을 시작했다. 그러고는 곧바로 흘러나오는 음악에 맞춰 가볍게 춤을 추기 시작했다. 그 모습이 마치 체조 선수가 휘두르는 리본처럼 길고 부드러워서 보는 이들로 하여금 탄성을 불러일으켰다. 심사 위원들도 입을 벌리거나 두 손을 마주 모아 감격스러워하기 시작했다. 순식간에 전원 합격 버튼이 눌렸다. 라라는 하준의 합격 장면을 끝으로 다음 방송 예고편이 나오자 어쩐지 마음이 한가득 뭉클거렸다.

"모리도 강아지 별에서 저렇게 춤을 출까요?"

"응, 그럴 거야."

라라의 물음에 마녀가 따스한 눈길을 보냈다.

"그 애들은 좀 어때? 이제는 별일 없지?"

"예슬이랑 세아요? 둘 다 지금은 잘 지내고 있어요. 예슬이는 그날 병원에 갔다가 금방 퇴원했고, 원하던 학교에도 합격했어요. 세아도 제가 타미를 찾아준 걸로 알고 있어요. 그동안 절 싫어했던 것도 사과했고, 뭐. 지금은 둘 다 저한테 고마워하고는 있어요. 그래서 요즘은 뭐, 좀……."

"그 둘과 친구라도 된 모양이지?"

"어? 그게……."

라라는 괜히 머리칼을 계속 매만졌다.

"아무튼 무사히 잘 마무리돼서 너무 다행이야. 난 그때만 생각하면 아직도 아찔해. 네가 관 뚜껑을 열겠다고 타는 불덩어리를 피하지도 않고…… 그때 그놈의 공격을 그대로 받았다면…… 어휴, 상상도 하기 싫다. 내가 그 후 며칠간 얼마나 악몽에 시달렸는지 넌 모를 거야."

"하하, 그러셨어요? 전 오히려 발 뻗고 후련하게 잘 잤는데."

라라가 콧등을 찡긋거리며 너스레를 떨자 마녀가 그를 예쁘게 흘겼다.

"그래도 다신 이런 일이 생기지 않았으면 좋겠어."

마녀의 말에 라라가 가만히 고개를 끄덕였다. 라라도 같은 마음이었다. 재롱의 보고에 의하면 불가살 불에 갇힌 영정은 전보다 더 강한 관에 꽁꽁 묶여 저승 어딘가에 처박힌 상태라고 했다.

"재롱아, 영정을 봉인할 때 말이야. 왜 그런 주술을 쓴 거야? 용, 양, 개, 소를 외치는 게 무슨 의미가 있어?"

"그건 사계절을 알기만 하면 이해가 쉽지. 너도 열두 달을 대표하는 동물들에 대해 알고 있나?"

"응, 십이간지 맞지? 쥐, 소, 호랑이, 토끼, 용, 뱀, 말, 양…… 그리고……."

"그래, 그거야. 열두 동물들은 모두 봄엔 호랑이, 토끼, 용으로, 여름엔 뱀, 말, 양으로, 가을엔 원숭이, 닭, 개로, 겨울엔 돼지, 쥐, 소로 나눠져서 묶여. 각 계절의 마지막 동물인 용, 양, 개, 소는 그다음 계절로 넘어가기 전에 각 계절을 갈무리하는 역할을 하지. 그들은 특별한 힘을 가지고 있어. 바로 끝, 마무리, 소멸, 죽음의 상징하는 힘이지."

"그래서 뭇자리로 돌아가라고 외치라고 했구나!"

라라가 대단한 걸 알았다는 듯이 손뼉을 쳤다. 그러더니 갑자기 골똘한 표정을 하고 고개를 갸웃거렸다.

"그때 분명히 그 관에 그려져 있던 동물들은…… 내 기억엔 아마 여덟 마리밖에 없었던 거 같은데. 아닌가?"

"그것까지 잘 봤군. 맞아, 그 관에는 호랑이, 뱀, 원숭이, 돼지 그림은 없었지."

"그건 왜?"

"천계에서 내게 관을 전해줄 때 그 그림들을 아예 지워버렸어. 용, 양, 개, 소와 반대로 시작, 준비, 생성, 탄생을 상징하는 동물들이니까. 또다시 그런 악인이 세상 밖으로 나오지 못하도록 아예 가능성 자체를 없애버린 거지."

"그렇구나……."

"라라야, 네 궁금증이 다 풀렸다면 이제 내 궁금증도 좀 풀어줄래? 우린 이제 어디로 떠나면 되는 걸까?"

마녀가 라라와 재롱 사이에 끼어들며 물었다.

"엇, 그러네요. 잊어버리고 있었다. 음…… 사실 며칠 전부터 제가 생각을 좀 해봤거든요? 첫 여행지는 별이 엄청 잘 보이는 곳으로 가보고 싶어요. 둥둥이들은 다 그들만의 별로 돌아간다고 하잖아요. 그런 광경을 한눈에 보고 싶단 생각이 갑자기 들었거든요. 정말 멋있을 거 같지 않으세요?"

"그거 괜찮네. 그런 장소라면 딱 한 군데가 생각나긴 해. 거기도 고도가 높아 제법 추울 테니 마침 옷도 딱이고."

마녀는 라라에게 외투에 목도리까지 매라 말하고 화첩 앞에 서서 붓을 들었다. 그리고 나서는 아주 순식간에 별이 널려 있는 밤하늘을 그려 넣었다. 화첩 안에 퍼진 검은 묵은 어두운 밤하늘이 되었고, 작은 빈틈으로 남겨둔 여백은 금방이라도 땅으로 쏟아질 것만 같은 별무리가 되어 눈이 부시게 반짝였다.

빅 아일랜드 마우나케아 천문대에 오신 걸 환영합니다

"빅 아일랜드요?"

"그래, 하와이 빅 아일랜드. 처음 가보지?"

라라가 눈을 동그랗게 뜨고 고개를 끄덕였다.

"더 좋아. 이제 같이 들어가볼까?"

라라는 화첩 앞에 선 마녀를 따라 급하게 섰다. 화첩 가까이로 다가가니 한국의 겨울과 별반 다르지 않은 공기가 콧속으로 스며 들어왔다. 저절로 생기는 희뿌연 입김을 내뱉으며 라라가 마녀를 지그시 쳐다봤다. 마녀는 라라와 눈을 맞췄다가 싱긋 웃고는 화첩 속으로 한 걸음 발을 내디뎠다. 그들이 화첩 안으로 완전히 몸을 집어넣으려던 순간, 재롱이 뒤늦게 폴짝 뛰어들어 그들의 곁으로 들어갔다. 마침내 완벽한 그림의 완성이었다.

마녀빵집

초판	1쇄 발행 2024년 4월 23일
	2쇄 발행 2024년 7월 29일
지은이	한수인
펴낸이	안병현 김상훈
책임편집	강현지
마케팅	신대섭 배태욱 김수연 김하은
제작	조화연
2차 저작권 문의	강현지 김정연

펴낸곳	주식회사 교보문고
등록	제 406-2008-00090호(2008년 12월 5일)
주소	경기도 파주시 문발로 249
전화	대표전화 1544-1900
주문	02)3156-3665
팩스	0502)987-5725

ISBN 979*11*7061*128*8 03810

연재부터 출간까지 올인원 플랫폼 창작의날씨
본 도서는 교보문고 창작의날씨 출간 프로젝트에 선정된 우수 작품입니다.